P9-CET-445

Recordar
un amor

Karen van der Zee

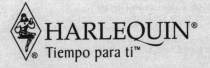

HARLEQUIN®
Tiempo para ti™

NOVELAS CON CORAZÓN

Editado por HARLEQUIN IBÉRICA, S.A.
Hermosilla, 21
28001 Madrid

© 1999 Karen van der Zee. Todos los derechos reservados.
RECORDAR UN AMOR, Nº 1141 - 7.6.00
Título original: A Wife to Remember
Publicada originalmente por Mills & Boon, Ltd., Londres.

Todos los derechos están reservados incluidos los de reproduc-
ción, total o parcial. Esta edición ha sido publicada con permiso
de Harlequin Enterprises II BV.
Todos los personajes de este libro son ficticios. Cualquier parecido con alguna persona, viva o muerta, es pura coincidencia.
™ ® Harlequin, logotipo Harlequin y Bianca son marcas registra-
das por Harlequin Enterprises II BV y Novelas con corazón es
marca registrada por Harlequin Enterprises Ltd.

I.S.B.N.: 84-396-7922-X
Depósito legal: B-19091-2000
Editor responsable: M. T. Villar
Diseño cubierta: María J. Velasco Juez
Fotomecánica: PREIMPRESIÓN 2000
C/. Matilde Hernández, 34. 28019 Madrid
Impresión y encuadernación: LITOGRAFÍA ROSÉS, S.A.
C/. Energía, 11. 08850 Gavá (Barcelona)
Fecha impresión Argentina:28.10.00
Distribuidor exclusivo para España: M.I.D.E.S.A.
Distribuidor para México: INTERMEX, S.A.
Distribuidores para Argentina: interior, BERTRAN, S.A.C. Vélez
Sársfield, 1950. Cap. Fed./ Buenos Aires y Gran Buenos Aires,
VACCARO SÁNCHEZ y Cía, S.A.
Distribuidor para Chile: DISTRIBUIDORA ALFA, S.A.

Capítulo 1

NO conocía a ese hombre, pero sabía algo con seguridad, no le gustaba su cara.

Era atractiva, de rasgos marcados y barbilla firme, en realidad no tenía nada censurable, pero algo en su expresión lo asustaba e irritaba.

Parecía más viejo de lo que esperaba y tenía aspecto cansado. Profundas arrugas surcaban los laterales de la boca y los ojos carecían de brillo.

Michael intentó leer el carácter, el estado de ánimo, descubrir al menos un atisbo de humor y ligereza, pero era un rostro desconcertantemente sombrío.

¿Qué fallaba? Algo oscuro y atormentado se agazapaba en la sombra. No sabía qué, ni por qué. Era el rostro de un hombre sin esperanza, sin ilusión.

Michael miró su reflejo con exasperación.

–Por Dios, hombre –murmuró para sí–. ¡Estás vivo! ¡Sonríe!

Sonrió. El espejo le devolvió la sonrisa.

–Bien –farfulló Michael–. Eso está mejor.

Amy entró en el apartamento y cuando el teléfono repiqueteó en sus oídos la invadió una oleada de impaciencia. Llevaba tres semanas lejos de la civilización y lo primero que oía era el maldito teléfono.

No tenía ninguna intención de contestar.

Subió la pesada mochila al dormitorio, se quitó las botas de montaña y abrió las ventanas.

El teléfono dejó de sonar. Perfecto. Se quitó la camiseta y los vaqueros. Iba a darse una ducha caliente e interminable. ¡Qué delicia!

De nuevo, con agobiante insistencia, el teléfono volvió a la carga. Corrió al baño, ignorándolo.

Media hora después estaba en la cocina calentando una pizza congelada, cuando el maldito teléfono comenzó de nuevo. Amy se rindió.

—Hola —dijo, con voz resignada.

—¿Amy? ¿Eres tú? ¡Oh, cuánto me alegro de que estés ahí! —replicó una voz femenina aguda y nerviosa—. ¡Hace semanas que intento localizarte! Oh, Amy... —la mujer se echó a llorar.

A Amy le dio un vuelco el corazón al reconocer la voz. Pertenecía al pasado, un pasado que había intentado dejar atrás, pero que todavía la asaltaba en momentos oscuros y agónicos.

—¡Melissa! —no pudo decir más. Una mezcla de sentimientos confusos la abrumó. Melissa le gustaba, la quería, pero Melissa estaba demasiado próxima a ese rincón de su alma que pretendía olvidar.

—¡Amy, oh, Amy! Ha ocurrido algo terrible; siento mucho llamarte, pero no sé qué otra cosa puedo hacer. Estoy embarazada y tengo que guardar reposo, no puedo ir a ningún sitio...

Un bebé. Melissa iba a tener un bebé. Amy tragó saliva y se sentó en una silla.

—¡Melissa! ¿Qué ocurre? ¿Por qué tienes que guardar reposo?

—Tuve problemas y estuve en el hospital, y ahora no puedo moverme de la cama hasta que nazca el niño, pero no llamo por eso. Oh, Amy... yo... —siguieron so-

llozos, frases inacabadas y apenas comprensibles–
…alguien tiene que ayudarlo y tú eres la única… Lo
siento. Sé que no es justo…

–Melissa, por favor, por favor, dime qué ocurre.
¿De quién hablas?

–Michael –sollozó Melissa–. Tuvo un accidente, un
coche conducido por adolescente borrachos…

Michael. Un accidente de tráfico. Amy se quedó helada de terror. No podía ser. Por favor, no.

–¿Michael? –gimió aterrorizada–. ¿Qué ha pasado?
¿Cómo es de grave?

–Es su cabeza; es decir, está bien físicamente excepto por un brazo roto, pero…

–¿Su cabeza…? –imágenes horribles inundaron la
mente de Amy.

–No reconoce a nadie. Lo llamé y ¡no sabe quién
soy! –gritó Melissa–. Es decir, le dijeron que soy su
hermana, pero cuando hablé con él no me conoció; fue
horrible, como hablar con un extraño.

–¿Dónde está? –preguntó Amy, oyendo su propia
voz como un eco distante. ¿Seguiría en la isla?

–Está en Oregón. Tiene un trabajo nuevo, dirige un
centro turístico de lujo, en la costa. Empezó pocos días
antes del accidente. Nadie lo conoce allí, Amy. ¡Nadie!
¡Está solo!

Amy fijó la vista en la pared. Michael había dejado
la isla del Caribe, donde era director de otro centro turístico, había abandonado la casa que compartieron, la
casa que ella amuebló y decoró con amor.

–Le dije que viniera a Boston –continuó Melissa–
conmigo y con Russ, pero dice que no quiere estorbar,
que tiene un trabajo que hacer y que estará bien –se
oyeron más sollozos–. ¡Soy su única hermana! ¡Russ es
su mejor amigo! ¿Cómo podría molestarnos? Pero claro, supongo que si no me conoce, no soy más que una

extraña y… oh, Amy ¿podrías ir tú?

Amy se olvidó de respirar, y sintió una sofocante sensación de pánico.

–Por favor –suplicó Melissa–. Eres la única. No te lo pediría pero… yo no puedo ir. Si no reposo perderé el bebé. Y Russ no quiere dejarme sola. ¡Oh, Amy, sé que no es justo pedírtelo!

No, no era justo. Era una pesadilla sólo pensarlo.

Amy cerró los ojos, temblando de miedo y horror y con emociones desbocadas. «¡No puedo hacerlo!» pensó. «Por favor, Dios, no puedo hacerlo».

–Iré con él –se oyó contestar.

Amy sacó una maleta del armario y empezó a echar ropa dentro, intentando no pensar. Había reservado un billete en un vuelo para el día siguiente, a mediodía.

Apartó varios trastos de la estantería superior del armario, sacó una caja de plástico azul y la puso sobre la cama. Abrió la tapa. Álbumes de fotos. Seleccionó varios, incluido uno blanco con una inscripción dorada que decía «Tu álbum de bodas». Los guardó con la ropa. Echó otra ojeada a la caja, sacó un paquete envuelto en una bolsa de plástico blanca y lo escondió rápidamente bajo los vaqueros que había en la maleta. Notó que le temblaban las manos.

Se acostó y se quedó mirando al techo con los ojos abiertos de par en par, insomne.

Michael había tenido un accidente. Michael tenía amnesia.

«No pienses. No sientas».

Si daba rienda suelta a su mente y a sus sentimientos, no montaría en ese avión al día siguiente.

* * * * * *

Amy se sentó en el avión, se sentía aprisionada, ya no había escapatoria. Hacía dos años que no veía a Michael. Dos años intentando olvidar, intentando aceptar que el cuento de hadas que fue su vida con él había terminado en tragedia.

Ahora iba a verlo de nuevo, a descubrir si ella, la mujer que él amó, podía ayudarlo a recuperar la memoria. Si lo conseguía, si volvía a recordar, también recordaría esa horrible mañana en la que el cuento de hadas se convirtió en pesadilla.

Durante un perverso instante sintió envidia. Michael ya no recordaba. Michael tenía suerte.

Justo antes del aterrizaje, sacó una cajita del bolso y la abrió. El diamante centelleó burlón ante sus ojos. Le tembló la mano al sacar el anillo de la caja. No pienses. No sientas.

Se lo puso en el anular de la mano izquierda.

No tardó en verlo. Era alto y ancho de espaldas y sobresalía entre la gente de la sala de llegadas. El corazón le dio un vuelco y le flojearon las rodillas al mirar a ese hombre que una vez la había elevado al cielo, al que conocía tan bien. Le dolía respirar.

La buscaba entre la gente, mirando de vez en cuando algo que tenía en las manos. Una foto. Melissa o Russ le habían enviado por ordenador una foto de ella, la noche anterior. Él volvió a pasear la mirada entre la multitud. Ni siquiera con una foto en la mano la reconocía.

Amy comprendió que era por el pelo. La foto sería antigua, de cuando tenía el pelo largo. Se lo había cortado hacía un año y tenía un aspecto muy distinto.

Se obligó a ir hacia él, con las piernas rígidas y envaradas. Él llevaba vaqueros y una camisa negra holgada, y tenía el brazo izquierdo en un cabestrillo. Parecía más delgado, y su fino rostro estaba demacrado y más definido. Más viejo. Era el rostro de un hombre que no había sonreído mucho últimamente. El cabello oscuro mostraba algunas canas en las sienes, que antes no estaban allí.

—¿Michael? —el corazón le golpeó en el pecho.

—¿Amy? —los ojos color brandy no mostraron reconocimiento.

Ella asintió, incapaz de emitir sonido alguno, y lo miró fijamente, paralizada.

—Mi hermana me ha dicho que eres mi esposa —sonrió él, con una sorprendente chispa de humor en los ojos.

Era mentira. Ya no era su esposa, pero Melissa se lo dijo temiendo que no aceptara la visita de Amy si sabía que llevaban un año divorciados; estaba segura de que rechazaría la caridad de personas que consideraba ajenas a él, y más aún la de una ex esposa.

Ella asintió, consciente de que debía hacer un gesto cariñoso, de esposa. Tenía que abrazarlo y darle un beso.

A ciegas, dio un paso y, con cuidado, le rodeó el cuello con un brazo, y acercó su mejilla a la de él. Notó la escayola contra el pecho e inhaló su aroma limpio y varonil, tan íntimamente familiar como si ayer mismo hubiera estado en sus brazos.

Él le rodeó la espalda con el brazo derecho, suavemente.

Amy sintió que una oleada de dolor y añoranza, imparable y aterrorizadora, surgía de lo más profundo de su ser, invadiéndola.

«No», pensó, «por favor, no». Con el rostro apoyado en su cálida mejilla, se estremeció con sollozos angustiados.

–No pasa nada –calmó él, acariciándole la espalda–. Ya lo arreglaremos.

«Arreglar, ¿qué?» deseó preguntar ella, pero no tenía palabras, solo lágrimas, allí de pie entre sus brazos. Intentó recuperar el control de sus emociones y se apartó de él, de ese hombre tan familiar y al tiempo tan extraño, ese hombre que no la conocía.

–Perdona –dijo temblorosa, sacando un pañuelo de papel del bolso.

–No hay nada que perdonar –dijo él con calma, mirándola como si fuera un amable desconocido.

–No me reconoces ¿verdad? –ella se limpió los ojos y se sonó la nariz.

–No –musitó él, negando suavemente con la cabeza–. Lo… siento.

Le dolió más de lo nunca habría imaginado que Michael no la reconociera; ser… nada para él, para el hombre al que una vez quiso con toda su alma y corazón. La lágrimas volvieron a inundar sus ojos.

–No llores –pidió él–, por favor no llores –. Le tembló la voz. Ella parpadeó y lo miró a los ojos. La chispa de humor había sido reemplazada por una mirada angustiada, llena de sombras cobrizo oscuro.

–Perdona –susurró, tragando saliva con dificultad.

–Me pondré bien, ya lo verás. Me recuperaré –la tomó de la mano–. Vámonos.

Un coche con chófer los esperaba fuera. Michael se sentó junto a ella, atrás. Amy comprendió que no podía conducir con el brazo escayolado.

–Melissa no me dijo que te habías cortado el pelo –comentó él–. Buscaba a alguien de pelo largo.

–No me ha visto desde que me lo corté –explicó ella; era verdad–. ¿Me enseñas la foto que te envió?

Él la sacó del bolsillo de la camisa. Era una foto de boda: de los dos, mejilla contra mejilla, a punto de cor-

tar la tarta. Ambos reían y parecían jóvenes y despreo-
cupados, radiantes de felicidad.

Otra vida. Otra realidad.

–Me gusta esta foto –dijo él con media sonrisa–. Pa-
recemos locamente enamorados.

–Sí –asintió ella, mirando la foto e intentando controlar sus emociones. Ya no eran felices cuando ella lo
abandonó. Él ya no era el hombre con quien se había
casado. La foto era de una vida que se había perdido
para siempre. Se la devolvió.

–Supongo que llevaba una foto tuya en la cartera,
pero estaba en la americana, y se quemó en el coche
–explicó él–. Al menos eso es lo que creen, porque no
llevaba chaqueta y tampoco ninguna identificación.

Estaba segura de que él no llevaba una foto suya en
la cartera. Melissa le había contado que Michael logró
salir del coche milagrosamente, antes de que estallara
en llamas, y que tardaron mucho tiempo en descubrir su
identidad Michael conducía un coche prestado y el due-
ño estaba en el extranjero.

–Debió ser horrible –Amy se estremeció.

–Tiene su lado bueno, no me acuerdo –dijo él, y ella
notó el humor seco de su voz.

–Michael… –lo miró fijamente.

–Por mucho que me gustaría recuperar la memoria,
supongo que, como le pasa a todo el mundo, hay cosas
en mi vida que preferiría olvidar –sonrió irónico. Amy
se puso tensa.

–Por desgracia, no suele ser algo que esté a nuestro
alcance –replicó ella, consiguiendo sonar tranquila.

–No –aceptó él–, no suele estarlo.

La carretera recorría la abrupta costa del Pacífico,
pero ella estaba demasiado nerviosa y alterada para
apreciar el espectacular paisaje. Se sorprendió exami-
nando a Michael, que la miraba con expresión curiosa.

Probablemente se preguntaba cómo actuar con una esposa a la que no recordaba, o por qué razón la había elegido. ¿Le gustaba lo que veía? ¿Sentía atracción por ella?

–Melissa me envió un montón de fotos de familia –dijo él–. De nuestros padres y nuestra infancia, vacaciones de verano, mi graduación, y cosas así.

–Me dijo que no te habían ayudado.

–No. Fue como mirar las fotos de otra persona, excepto que noté, por el parecido, que el niño de las fotos era yo.

–Debe ser muy extraño no recordarse ni a uno mismo –dijo ella mirándolo, incapaz de imaginar la sensación de no reconocerse en una foto.

–No estoy seguro de que me gustara recordarme de niño –Michael torció la boca–. En la mayoría de las fotos no parece que esté haciendo nada bueno y, por lo que dice Melissa, era bastante diablillo.

–Conozco algunas de esas historias –esbozó media sonrisa y miró por la ventana. No estaba segura de qué decir, por dónde empezar. Volvió a mirarlo–. ¿Te duele el brazo?

–No, ya no. Me molestan más las costillas, pero están mejorando. Dormir es incómodo –hizo una mueca–. No me quejo. Estoy vivo, y lo agradezco.

Era un milagro que no hubiera sufrido heridas más graves. Un milagro que no estuviera muerto. Ella sintió un escalofrío en la espalda.

–Melissa me dijo que has pasado el último mes en los Apalaches –continuó él–. En un campamento de supervivencia con un grupo de chavales.

–Sí. Lo hago todos los veranos –asintió ella–. No sabía que te había pasado esto. Melissa no me localizó hasta que llegué a casa de mi amiga, en Filadelfia. Vine en cuanto pude –había practicado mentalmente ese pequeño discurso.

–No tienes pinta de que se te dé bien pasarte sin comodidades –comentó él, escrutándola.

–¿No? –preguntó ella sorprendida.

–No pareces muy… dura. De hecho, pareces frágil.

–No soy frágil –dijo ella–. En la isla hacíamos escalada y excursionismo con frecuencia.

–¿Sí? –arrugó el entrecejo–. Debe haber fotos de eso en el cargamento que llegará de la isla.

–Sí –si él no las había tirado. Al menos tenían las que ella traía de Filadelfia–. ¿Cuándo llegan las cosas?

–Ayer hablé con la compañía de mudanzas y parece que llegarán pasado mañana –sonrió–. Entonces podremos instalarnos en la casa. Es genial, en el acantilado, con vistas al océano y bosques detrás. Espero que te guste, si no es así encontraremos otra.

–Seguro que me gustará –en cualquier caso, daba igual. No viviría allí mucho tiempo. El colegio empezaba en pocas semanas; y ella volvería a Filadelfia.

Un poste de madera indicó su llegada al Complejo Hotelero Aurora Nova. El coche disminuyó de velocidad y giró por una carretera sombreada que serpenteaba por el bosque. Melissa le había dicho que Michael vivía en una suite del hotel hasta que llegaran sus pertenencias de la isla.

El coche se detuvo ante el edificio principal. Michael le dio la mano para entrar al espacioso vestíbulo de madera y piedra, inundado de luz natural.

–Al menos no somos una de esas parejas que no tienen nada que decirse –comentó él, guiándola hacia un ascensor–. Tendrás que contarme toda mi vida y mis malas acciones. Según Melissa, eso llevará bastante tiempo.

Se bajaron en el tercer piso. Michael sacó una tarjeta, la pasó por la puerta y la cedió el paso. Entraron a una acogedora sala de estar, sin camas a la vista. Un adolescente, musculoso y moreno, les seguía con las maletas, y Michael le indicó que las dejara en el dormitorio de la izquierda. Había otra puerta a la derecha, pero estaba cerrada. ¿Sería otro dormitorio?

Ella había estado preguntándose cómo dormirían, qué decirle, cómo organizarlo. Si era su amante esposa, estaba claro que no podía pedir un dormitorio propio. ¿Qué excusa o razón podía dar?

–No he dormido bien desde el accidente –comentó él, señalándose el brazo escayolado–. He pensado que de momento estarías más cómoda en tu propio dormitorio, así no te molestaré dando vueltas y levantándome en mitad de la noche.

–Como a ti te parezca mejor –Amy sintió una mezcla de alivio y de decepción. Se preguntó si de verdad no quería molestarla o si simplemente no quería compartir la cama con ella porque, a fin de cuentas, no la conocía. La escayola era una buena excusa.

–Si estás cansada –dijo Michael–, podemos pedir que nos suban la comida. Sé que para ti son tres horas más tarde. Pero si lo prefieres podemos salir, el restaurante es excelente y tiene buen ambiente.

–No me importaría nada una comida civilizada servida en una mesa –dijo ella, pensando que sería mucho más fácil estar en un lugar público–. Llevo semanas subsistiendo a base de comida deshidratada.

–Entonces será mejor que tomes algo decente –hizo una mueca de desagrado–. Un buen filete.

–Soy vegetariana –dijo ella–. Y tú también –al menos intentó convertirlo en uno mientras estuvieron casados. Él arqueó las cejas con sorpresa.

–Supongo que esa es otra cosa que no recuerdo. Llevo comiendo carne desde el accidente. Me encanta.

–Es insana –dijo ella, incapaz de resistirse–. Tiene

hormonas, productos químicos, grasa y colesterol.

–Vale, nada de filetes para ti –aceptó él–. Tú toma lo que te apetezca. ¿Cuándo quieres que salgamos? ¿Dentro de una hora? Para ti serán las once, ¿seguro que no es demasiado tarde?

–Está bien. No estoy cansada –estaba demasiado nerviosa para estarlo.

–De acuerdo. Te dejaré que deshagas las maletas y te instales. Tengo algunas cosas que hacer en la oficina, pero no tardaré.

Ella se duchó y se lavó el pelo, sintiéndose mejor al librarse de los olores del avión. ¿Qué podía ponerse? No había traído mucha ropa de vestir, así que se decidió por su viejo recurso: un sencillo vestido negro, que podía parecer más o menos elegante dependiendo de los complementos que utilizara. Se puso un collar de ámbar y unos pendientes a juego. Se llevaría la suave chaqueta de colores, por si hacía fresco.

Se miró en el espejo, estaba algo delgada y escuálida, pero eso no era nuevo. Era agradable volver a ponerse un vestido, sentirse femenina.

Vestida y preparada, salió a la sala. Michael había regresado y estaba de pie ante la puerta de su dormitorio. Descalzo, con los pantalones puestos y la camisa desabrochada. Se le aceleró el pulso al ver su torso, ancho y bronceado, increíblemente sexy y cubierto con un suave vello oscuro. Él la miró un instante en silencio y sus ojos se oscurecieron.

–Estás…preciosa –dijo.

–Gracias –replicó, sintiendo que se ahogaba.

–Me preguntaba si… ¿te importaría ayudarme? –pidió él–. ¿Puedes meter el cinturón por las trabillas? Me duelen las costillas si giro la espalda.

–Claro, por supuesto –fue hacia él, tomó el cinturón y lo introdujo en las trabillas del pantalón. Él intentaba abrocharse la camisa con la mano buena y avanzaba muy lentamente–. Espera, yo lo haré.

Él la miraba y ella estaba cerca, demasiado cerca. Se concentró en los pequeños botones, abrochándolos con manos temblorosas.

–Hueles bien –dijo él con suavidad.

Tú también deseó decir ella, pero las palabras se le atragantaron. Siempre la encantó su aroma cálido y varonil, tan personal; apoyar la cara contra su pecho, o en la curva de su cuello, e inhalarlo.

Tenía que apartarse de él. Era una locura. No podía permitirse sentir así, ya no amaba a ese hombre. La había herido más allá de lo imaginable. No la amaba. Eran extraños el uno para el otro en muchos sentidos, mucho más allá de la amnesia.

Dio un paso hacia atrás. Él intentaba meterse la camisa en los pantalones, pero no alcanzaba a hacerlo por detrás. Como un autómata, le remetió la camisa, y él se subió la cremallera y se abrochó el cinturón por sí solo. Se puso una corbata, con el nudo previamente hecho, y ella la apretó y le colocó el cuello de la camisa, sin mirarlo a la cara.

–¿Cuándo te quitan la escayola? –preguntó.

–Si todo va bien, dentro de dos semanas.

–¿Quién te ha ayudado a vestirte estas últimas semanas? –intentó que su voz sonara neutra y objetiva.

–La masajista del hotel viene todas las mañanas. No sabe hacer nudos de corbata, así que eso lo hace mi secretaria, y me dejó esta preparada.

Amy no dijo nada. La masajista del hotel y su secretaria. Deseó que no estuvieran peleándose por él.

–No entra dentro de su descripción de trabajo, así que agradezco su ayuda –añadió él con calma.

Ella reconoció el tono. Intentaba conseguir una respuesta, pinchándola como solía hacer tiempo atrás.

—Eres un hombre afortunado —replicó con dulzura.

—¿No estás celosa? —preguntó él, con tono casi herido—. Se supone que las esposas tienen celos en este tipo de situación.

—Yo no —replicó ella con ligereza, mirándolo.

—Me gustas más por momentos —dijo él, curvando la boca con una sonrisa.

¿Cómo podía un hombre olvidar a una mujer así? se preguntaba Michael. Enormes ojos verdes, boca suave y apetecible, cabello rojizo dorado y pecas en la nariz. No era una belleza clásica, pero tenía un atractivo femenino que atacaba de pleno su masculinidad.

Un mes antes aún vivían en St. Barlow. No tenía ningún recuerdo de la isla, de la casa, del complejo hotelero que dirigía, ni de la esposa que amaba. Solo hacía semanas que esa mujer había compartido su cama; ¿cómo era posible que no recordara tocarla, acariciar su cuerpo, hacerle el amor?

Cerró los ojos ¿Qué locura había ocurrido con su cerebro, con su mente? ¿Cómo era posible?

Solo con mirar esos claros ojos verdes deseaba perderse en ellos. Solo tenía que mirarla para saber que amarla sería lo más fácil del mundo.

Pero no la conocía. No recordaba haberla amado.

Y era su esposa.

Capítulo 2

EL ASCENSOR estaba vacío, brillante y reluciente, y tenía espejos ahumados en tres de sus paredes. Michael se apartó para cederle el paso a Amy, y después la siguió, frunciendo el ceño al ver su propio reflejo.

Amy lo observó. Con el espeso cabello oscuro, sus rasgos fuertes y la barbilla prominente, era un hombre muy sexy, aunque estaba ligeramente… demacrado. A pesar del brazo escayolado, se movía con facilidad y confianza.

–¿Qué ocurre? –le preguntó, al ver su ceño.

–Todavía me sorprendo cada vez que me veo –dijo él con cierto desdén, y apretó el botón del ascensor.

–¿Te sorprendes? ¿Por qué?

–No soy como pienso que debería ser, como siento que debería ser.

–¿Cómo sientes que deberías ser?

–No lo sé… exactamente –se encogió de hombros–. No sé cómo expresarlo bien, pero me da la impresión de que el tipo que veo en el espejo debería ser otra persona.

–¿Otra persona? –preguntó ella divertida–. ¿Qué quieres decir?

–Parece muerto, distante, serio, como si no sonriera mucho. Desde luego no es alguien a quien desearía como amigo —explicó él, señalando el espejo.

Ella se echó a reír. No sabía de dónde surgió la risa; brotó de algún lugar profundo y olvidado. Antes, mucho tiempo atrás, reían mucho juntos.

—Bien, sabes reírte —él dio un suspiro profundo—. Eso empezaba a preocuparme.

—Oh, ¿por qué? —el comentario la sorprendió.

—Has estado muy seria desde que llegaste, y yo tengo pinta de no sonreír nunca; empezaba a preocuparme seriamente el tipo de matrimonio que somos. Me estaba imaginando algo muy aburrido —se miró en el espejo, con una cómica mueca de desesperación—. No me siento como alguien que no sonríe nunca, pero mira esa cara: muerta, sombría, adusta. ¿Es eso lo que soy en realidad, y simplemente no me acuerdo?

Ella tragó saliva, inquieta. Sí, deseaba decir, eso es lo que eras al final; por eso te abandoné.

—Por favor, no me digas que es verdad —él le lanzó una mirada torturada—. Aún no recuerdo ni un ápice de lo que soy y ya no me soporto.

—No —ella se sorprendió riendo de nuevo—. Quiero decir sí, solías reírte y sonreír mucho —solías. Tenía que elegir las palabras con cuidado, para no delatarse. No estaba acostumbrada al engaño.

Engaño: una palabra fea y deshonesta. Se estremeció. No había otra opción, al menos si quería ayudarlo.

—¿Solía? —inquirió él—. ¿Quieres decir antes del accidente? Bien, eso me anima —volvió a fruncir el ceño y señalo su reflejo con el pulgar—. ¿Cómo he acabado con esta cara de medio muerto?

—Bueno —ella se concentró en responder—, tuviste un accidente grave, te has roto el brazo, te duelen las costillas y tienes amnesia. Podrías… haber muerto —se estremeció—. No creo que nada de eso sea divertido.

—No, supongo que no.

—¿Supones que no?

—Vale, está claro que no.

—No es extraño que parezca que vuelves de la guerra. Además, con el brazo escayolado y el dolor de las costillas, no duermes bien.

—Y tú no estabas aquí para mimarme —añadió él. Tomó su mano y la apretó suavemente—. Pero ahora sí —el ascensor se detuvo y las puertas se abrieron—. Bueno, ya me siento mucho mejor. Saber que los dos somos capaces de reírnos me reconforta —comentó. Sin soltarle la mano la condujo fuera del hotel, a la cálida noche de verano. Aún había luz y el aroma de las plantas perfumaba el aire. Amy vio el brillo del agua, el océano Pacífico, en la distancia, entre los árboles.

Tras la primera curva, el restaurante apareció ante sus ojos. Situado entre árboles enormes, tenía un porche de madera acondicionado para cenar al aire libre. Se sentaron en una de las pequeñas mesas, decoradas con alegres manteles, velas y flores, y un instante después un camarero les preguntó qué querían beber.

—Un jerez semiseco, por favor —dijo ella.

Michael pidió un vaso de Chardonnay.

—Jerez —dijo él, cuando se marchó el camarero—. Muy europeo. Interesante.

—Es lo que suelo tomar.

—Voy a tener que descubrirte otra vez, desde el principio. Será… una experiencia fascinante.

—Puede que no te guste —dijo ella, arrepintiéndose de sus palabras en cuanto las dijo.

—Ya me gustas —sus ojos dorados la miraron con calidez y humor—. Eres mi esposa. Me casé contigo.

—Pero no te acuerdas —Amy se mordisqueó el labio.

—Cierto, pero tengo suficiente confianza en mí mismo como para saber que me casé contigo porque…

—hizo una breve pausa— ...porque estaba locamente enamorado de ti.

A ella le dio un vuelco el corazón. Miró inquieta las flores que había sobre la mesa.

—Oye —susurró él—. No me digas que no es verdad. No me digas que me casé contigo por dinero, o porque tu cuerpo me volvía loco, o porque te gané en un juego de póquer o…

—No, no —sonrió temblorosa—. Nos casamos por todas las razones correctas.

—Bien —él suspiró con alivio—. Entonces no hay problema. Volveré a enamorarme de ti, e intentaré darme prisa.

«No hay problema». Estaba muy equivocado.

El camarero llegó con las bebidas, y un momento después apareció otro con el menú.

—Las especialidades del día…

Todo sonaba delicioso, pero era natural, Amy llevaba semanas comiendo comida deshidratada y reconstituida. Cuando el camarero se marchó, Michael enarcó una ceja inquisitiva.

—Has pedido salmón; dijiste que eras vegetariana.

—He decidido que el pescado no cuenta —sonaba como una tonta, no podía evitarlo. De pronto resurgían patrones del pasado: comentarios sin sentido, conversaciones bobas, bromas, retos. Algo había pulsado un botón de un tiempo ya olvidado.

—¿Has decidido que el pescado pertenece al reino vegetal? —enarcó las cejas aún más.

—Me gusta el pescado.

—Eso no responde a mi pregunta.

—No me presiones —lo miró con enfado—. De acuerdo, he exagerado. No soy vegetariana del todo.

—Ah, bueno, por un momento me habías preocupado —soltó el aire con fuerza y sonrió.

Ella decidió dejar el tema. Tal y como estaban las cosas, apenas tenía importancia. Le preguntó sobre el Aurora y su trabajo, y si le gustaba Oregón.

–Sé que esto va a sonar muy egocéntrico –dijo Michael tras un rato de charla–, pero me pregunto si podríamos hablar sobre mí. Me gustaría llegar a conocerme –le dedicó una sonrisa encantadora–. Pero dime solo lo bueno; lo malo puede esperar hasta que me acuerde yo solito.

Lo malo. Ella sintió un escalofrío. Dejó la copa suavemente, y concentró su atención en la mesa.

–De acuerdo. Veamos. Te gusta el aire libre, la montaña, la vela, todas esas cosas. Y te gusta leer, todo tipo de libros, y tocas el piano, muy bien.

–¿Qué tipo de música?

–Toda. Clásica, jazz y cosas raras y divertidas que compones tú –siguió hablando y él no la interrumpió. De pronto se dio cuenta de que sus ojos, oscuros e intensos, la miraban. Dio un sorbo de jerez–. Estás observándome –le dijo, preguntándose qué pensaba.

–Intento descubrir por qué me enamoré de ti –Michael le agarró la mano e hizo un gesto de disculpa–. Perdona, no quería que sonara así, como si fuera difícil imaginarlo. No lo es en absoluto.

–Bien, me alegro –replicó ella con cierta sequedad. Los cálidos ojos color brandy escrutaron los suyos. Él jugueteó con sus dedos, y oleadas de sensación inundaron su sangre. Deseó retirar la mano, pero no le pareció típico de una esposa–. ¿Por qué no me cuentas lo que piensas? –sugirió–. Al fin y al cabo estoy aquí, nueva de pies a cabeza, como quien dice.

Nueva de pies a cabeza. La frase le resonó en la cabeza. El verde de sus ojos, el rojizo dorado de su cabello y la forma de su cuerpo eran nuevos para él. No sabía qué aspecto tenía debajo de la ropa, o cómo se sentía al tocarla y hacerle el amor.

No quería pensar en besos y amor, pero lo hacía: en lo maravilloso que fue siempre, en la pasión, la risa y la magia.

Hasta que se acabó. Hasta que ya no se besaban ni se acariciaban, hasta que ni siquiera querían mirarse a los ojos, temiendo vislumbrar lo que había allí dentro. Dejaron de hablar. Y por fin el silencio ganó y toda la pasión, risa y magia desapareció de sus vidas.

—Lo que pienso —contestó él—, es que me gusta mirarte, que me alegro de no estar solo y que debo ser un hombre muy afortunado.

El camarero trajo el primer plato. Agradeciendo la interrupción, Amy dio un mordisco al paté de salmón ahumado.

—Dime —Michael removió su sopa—, ¿cómo nos conocimos? ¿Fue amor a primera vista?

Ella se mordió el labio, sintiendo que la risa invadía de nuevo su corazón, como una música jubilosa y cálida. Lo recordaba perfectamente y aún, a pesar de los años transcurridos, era fácil hacerlo con humor. La primera vez que lo vio había gritado como una posesa.

—No, no fue amor a primera vista —negó con la cabeza—. Te enamoraste de mí antes de eso. Justo antes de verme por primera vez.

—¿Me enamoré de ti antes de verte?

—Sí —sintió un diablillo agitándose en su interior, y el inesperado deseo de tomarle el pelo. Fue una sensación extraña, ligera y despreocupada; como si su carisma y el brillo de sus ojos la hubieran hipnotizado.

—¿Dónde nos encontramos? —él tomó una cucharada de sopa—. ¿Dónde estábamos?

—En el baño de un hotel.

–Suena interesante –ladeó la cabeza, estudiándola.

–Oh, lo fue –le sonrió–. Fue un encuentro muy… ejem… inusual –hizo una pausa–. Estaba desnuda.

–¿Desnuda?

–Bueno, era un baño. Acababa de ducharme.

–Pero has dicho que me enamoré de ti antes de verte –intervino él, con expresión de regocijo y confusión a partes iguales.

–Estaba cantando en la ducha, me oíste al entrar en la habitación y me dijiste que quedaste inmediatamente… encantado. Tus palabras, no las mías. Nunca lo entenderé.

–¿Por qué? Entiendo perfectamente que pudiera encantarme la voz de una mujer.

–No soy capaz de entonar ni con la cabeza metida en un cubo, según dicen. Solo canto en la ducha, cuando nadie puede oírme. O, al menos, cuando pienso que nadie puede oírme.

–Entonces me enamoré de ti al primer sonido –dijo él con ojos divertidos.

–Sí.

–Y después te vi desnuda –se recostó en la silla– ¿Qué ocurrió?

–Grité.

–Quiero decir, ¿qué hacía en tu habitación del hotel? –sonrió abiertamente–. No era un vulgar ladrón o algo así, ¿no? ¿No iría a robarte las joyas?

–¿Me habría casado contigo? –preguntó ella altanera.

–Quizá tus principios morales no sean mejores que los míos –ella lo miró con furia y él se encogió de hombros–. Bueno, no recuerdo nada ¿no?

–Mis principios morales son de primera, gracias.

–Vale, entonces asumiré que los míos también, dado que te dignaste a casarte conmigo –tomó otra cucharada de sopa–. ¿Qué hacía en tu habitación?

–No fue más que un pequeño error. Te dieron la llave incorrecta. Tu habitación era la de enfrente.

–Mmm. Y simplemente entré y abrí la puerta del baño al oírte cantar ¿no?

–Estaba abierta. No me gusta que los espejos se empañen con el vapor, y no esperaba la visita de un hombre extraño.

–Vale. Me viste y gritaste. ¿Qué pasó después?

–Me tiré a por una toalla, tropecé con la alfombrilla del baño y caí en tus brazos.

–Me estás tomando el pelo –dijo él con voz grave e incrédula.

–No –se echó a reír–. Fue como una escena de película barata. Tú perfectamente trajeado conmigo entre los brazos, chorreando agua y desnuda.

–¿Cuánta suerte puede llegar a tener un hombre?

–Casi te arrestan, ya ves qué suerte –dijo ella con sequedad. Tomó un bocado de paté y lo saboreó lentamente–. Mmm, esto está delicioso.

–¿Me enamoré de ti y tú llamaste a la policía?

–No exactamente. Mi amiga estaba en la habitación contigua y la puerta de comunicación estaba abierta. Me oyó gritar, entró corriendo, te vio y llamó a seguridad. En cualquier caso, no fue más que un error y, de hecho, tuvo buenas consecuencias –sonrió–. Durante el resto de mi estancia el hotel me trató como a una reina, supongo que por miedo a que los denunciara, y tú me enviaste flores y me invitaste a cenar.

–¿Y aceptaste?

–Sí, esa noche no tenía nada mejor que hacer.

Michael la miró con fiereza.

–Bueno, lo admito. Me gustó tu pelo. Tienes buen pelo para ser hombre: suave, espeso y algo revoltoso –siempre le había encantado enredar los dedos en él.

–¿Qué más?

–Tu nariz. Está torcida.

–Da la impresión de que me la rompí –levantó la mano y se la tocó, como si tuviera que comprobarlo.

–Alguien te la rompió de un puñetazo. Fue cuando aún ibas al instituto.

–Mmm. Así que aceptaste mi invitación a cenar porque tengo buen pelo y la nariz torcida.

–Y eras gracioso –añadió ella con generosidad. Tomó el último sorbo de jerez. Se sentía ligera, despreocupada–. Me hacías reír. Eras el hombre de nariz torcida más sexy y divertido que había conocido nunca.

Antes de que acabara la velada estaba locamente enamorada de él; de su voz sensual, del diablillo que bailoteaba en sus ojos, de su encanto masculino, que seducía cada célula femenina de su ser.

Seis meses después se casaron y se trasladaron a la isla.

El día que cayó desnuda en sus brazos fue el día que llegó a Roma a prepararse para la boda de su mejor amiga, que se casaba con un italiano despampanante. Amy era la dama de honor. Michael era el primo americano del novio.

Primavera en Roma. Y allí estaba Amy, conociendo al hombre de sus sueños. Recorrió la ciudad con él, inmersa en una nube de romanticismo. ¡Era un hombre maravilloso! ¡Magnífico! Solo mirarlo le producía escalofríos. No le costaba nada imaginarse su foto en portada de una revista, con ojos chispeantes, dientes blanquísimos y el rizado cabello ligeramente alborotado: el último niño mimado de Hollywood.

El tiempo que pasaron en Roma no pudo ser más

romántico: noches estrelladas, deliciosas cenas al aire libre y la perfecta boda de su mejor amiga, a la que asistió con él de la mano.

Años después, se lo contaba todo a Michael, viendo cómo se le iluminaban los ojos y sus afilados rasgos se suavizaban. Le habló de su propia boda; de sus padres, los mejores del mundo, que ahora vivían en Madrid; de St. Barlow, de sus maravillosas playas y de su círculo de excéntricos amigos. Le contó cuánto había disfrutado de su trabajo como guía, llevando a pequeños grupos de personas de excursión por las boscosas montañas.

Ocurría algo extraño; lo percibía vagamente al filo de su conciencia. Era como si sufriera un hechizo, un embrujo mágico que solo le permitía recordar la alegría, diversión y felicidad, y nada de lo que ocurrió después. Se sentía dentro de una burbuja protectora junto a un Michael de rostro sonriente y ojos seductores. Y parecía real, muy real.

La sensación no duró.

Dos mujeres se sentaron en una mesa cercana y la realidad arremetió con crudeza. Hablaban, suave y apaciguadora la una, hiriente y hostil la otra.

—¿Cómo que no debo divorciarme de él? —escupió—. No es el hombre con quien me casé. ¡Ya ni siquiera habla conmigo! ¡No le importan mis sentimientos! ¿Debería vivir con alguien así el resto de mi vida? ¿Estás loca?

Las palabras sonaban amargamente familiares y Amy notó que la burbuja explotaba y con ella desaparecía su sensación de felicidad.

—Creo que me saltaré el postre —dijo Michael con una mueca de desdén.

De vuelta en la suite, con la puerta cerrada al resto del mundo, Michael la miró sonriente.

–Ha sido una velada maravillosa –dijo. Estaba de pie junto a ella, cerca, demasiado cerca y a Amy empezaron a temblarle las piernas–. Quiero besarte –dijo Michael.

A ella se le desbocó el corazón. No podía moverse, no podía decir nada. Era muy consciente del deseo que emanaba de él; una energía intensa y seductora que electrizaba el aire que los rodeaba.

–Me resulta extraño besarte –prosiguió él, con una ligera mueca–. Como si no debiera hacerlo porque no te conozco. Pero me apetece mucho, en cierto modo me siento como si fuera… como si me estuviera dejando llevar por mi instinto animal; pero, por otro lado, eres mi esposa así que… –su voz sonaba un poco ronca–. ¡Que diablos! –masculló. Tomó su barbilla con la mano derecha e inclinó la boca hacia ella.

Amy no tenía defensas contra la respuesta instintiva al conocido contacto de su boca. Cerró los ojos y se rindió a él.

Durante los últimos dos años la habían besado otros hombres; no muchos, no a menudo. Pero su coraza de hielo nunca se derritió, sus sentidos nunca se tambalearon.

Ahora, todo se derretía, todo se tambaleaba. Le hervía la sangre y su corazón palpitaba alocado.

Oyó campanas de alarma rozando su conciencia. «No», pensó débilmente, «No debo dejar que ocurra esto». Pero la alarma era un mero murmullo.

Él se apartó y la miró con ojos oscuros y ardientes. Amy recordaba esa mirada.

No la reconocía, pero la deseaba. El deseo se notaba en su rostro, en su cuerpo, tan claramente como se había notado en el beso. Se quedó muy quieta, con el pulso acelerado.

Michael se alejó y retiró la mano. Fue hacia la ventana y miró el bosque, envuelto en sombras.

—Recuperaré la memoria, ya verás —dijo con voz grave—. Me he propuesto hacerlo; de momento simplemente acepto lo que hay, eso me hace sentirme más positivo. Darle vueltas y preocuparme no sirve de nada, de eso estoy seguro —se volvió hacia ella—. Me alegro de que estés aquí para darme apoyo moral, aunque no te conozca.

Ella no pudo evitar hacer una mueca de dolor y él expresó su arrepentimiento de inmediato.

—Lo siento —murmuró—. No pretendo herirte. Más que ninguna otra cosa, desearía recordar mis sentimientos hacia ti como esposa. Debería poder decirte que te quiero y que te eché de menos cuando estabas lejos; debería levantarte en brazos, llevarte a la cama y hacerte el amor apasionadamente, pero ni siquiera puedo hacer eso con esta maldita escayola y dolor de costillas, y... —gruñó—. Me siento como un estúpido diciéndote estas cosas.

—Está bien —musitó ella, sin atreverse a mirarlo a los ojos, forcejeando con su propio deseo. Se sentía como un fraude. Era un fraude.

—Están ahí —dijo él quedamente—. Mis sentimientos por ti siguen ahí; solo están escondidos de momento. Y será maravilloso cuando vuelvan.

—¿Cómo lo sabes? —inquirió ella.

—Lo único que tengo que hacer es mirarte y lo sé —sonrió él—. Lo percibo.

Estaba muy equivocado, profundamente equivocado. Amy se miró las manos y se las apretó, para evitar que temblaran. Él le acarició con ternura la cabeza inclinada.

—Todo irá bien, Amy —tranquilizó.

No, quiso decir ella. No irá bien, Michael. Nunca volverá a ir bien.

La mañana siguiente estuvo marcada por los nervios y la desazón. Lo ayudó a vestirse y preparó un desayuno sencillo en la pequeña cocina. Él le dio un beso en la mejilla, como cientos de veces en el pasado, y se marchó a trabajar. Cosas pequeñas que aún así la hicieron ponerse tensa.

Amy se sirvió otra taza de café y se preguntó qué hacer. Era un glorioso día de verano y tenía plena libertad. Tenía las llaves de un coche de alquiler, aparcado fuera, y las de la casa, situada en el límite extremo de los terrenos del hotel. Michael había dicho que se llegaba dando un agradable paseo por el bosque.

No quería ver la casa. Era de él, no suya, y no deseaba saber dónde viviría cuando ella volviera a Filadelfia.

«Para, para», ordenó una voz interior. «Ve a verla. Hazlo sin más».

Era una casa de ensueño. Situada en el boscoso acantilado, ofrecía una vista panorámica del océano y de las montañas rocosas que llegaban hasta el agua a la derecha. Era de cedro envejecido y piedra, y se asentaba entre los árboles como si formara parte de la naturaleza. Amy recorrió las espaciosas habitaciones, admirando las ventanas de suelo a techo y las espectaculares vistas, echó una ojeada a la cocina grande y moderna y sintió una dolorosa punzada de… ¿Qué? No lo sabía exactamente.

Exploró los alrededores en el coche, visitó el pueblecito costero y comió sopa de almejas en un restaurante de la playa.

Eran casi las cuatro cuando volvió al apartamento.

Había un precioso ramo de flores en la mesita de café. La tarjeta estaba escrita por Michael, había elegido las flores personalmente. «A mi esposa», decía la nota, «Me alegró de que estés aquí. Con amor, Michael».

«Con amor, Michael». Las palabras más simples del mundo, y se le hacía un nudo en la garganta y los ojos le ardían de lágrimas. Releyó la nota varias veces; justo cuando la dejaba oyó el ruido de la puerta y Michael entró en la habitación.

–Estás aquí –dijo él con satisfacción, y rozó sus labios con un beso de bienvenida.

–Gracias por las flores –dijo ella nerviosa–. Son preciosas –tomó la tarjeta y jugueteó con ella.

–Desde que me desperté en el hospital no lo había pasado tan bien como anoche–dijo él con voz queda–. Me sentí feliz contigo, a pesar de que en realidad… –se interrumpió.

–…no me reconoces como tu esposa –concluyó ella. Él la miró con ojos cálidos.

–Pero sí sé que eres una mujer que me atrae mucho –sonrió con ironía–. Eso es buena señal ¿no crees?

Ella se atragantó. No podía permitir que ocurriera eso. Debería habérselo pensado antes de ir hasta allí. Asintió y agachó la cabeza.

–Sí –dijo, sintiéndose una mentirosa. Tocó una de las rosas–. Es solo que… todo parece tan… extraño.

Michael no contestó y cuando Amy levantó la cabeza vio que la observaba con expresión interrogante. Él se sentó en una de las profundas y cómodas butacas y extendió las manos hacia ella.

–Ven aquí –pidió. Se acercó y él la sentó en sus rodillas y la rodeó con el brazo derecho. Amy se puso tensa, luchando por mantener el control. Sus rostros estaban demasiado cerca–. ¿Por qué estás tan nerviosa? –inquirió–. Estás muy tensa.

–No sé qué sentir –dijo ella con tristeza. Él se rio.

–Soy tu marido. Me quieres por mi pelo y por mi nariz torcida.

–Pero no me conoces y eso hace que todo parezca irreal –«en realidad no eres mi marido», añadió para sí, «y no debería estar en tu regazo, mientras me abrazas».

–Puede que no te conozca como tienes costumbre de que lo haga, pero he pasado todo el día pensando en ti y en lo que me contaste sobre nuestra vida en común. Estaba deseando volver y encontrarte aquí. Saber que mi esposa estaba aquí y que podía besarla al llegar. Me hace sentirme un hombre muy rico.

Ella deseó morir allí mismo, en sus brazos, o que se la tragara la tierra. Mantuvo la cabeza gacha, sin mirarlo, temiendo que viera la mentira en sus ojos.

–Las dos primeras semanas que pasé en el hospital no sabía que estaba casado. No sabía que tenía una hermana. Ni siquiera me conocía a mí mismo. Allí tumbado, creía que estaba solo en el mundo. Tenía una intensa sensación de aislamiento, de no pertenecer. Y ahora, aquí estás, mi esposa, alguien con quien compartir mi vida –inclinó la cabeza y ella sintió su boca en la mejilla–. Y me alegro mucho.

Muy quieta, sin respirar apenas, Amy deseó poder aceptar sus palabras y lo que significaban. Añoró, con súbito dolor, su ternura, pasión y amor, tal y como fue en otro tiempo, otra vida.

–Mírame, Amy –pidió él.

Elevó el rostro, preguntándose si él veía el deseo de sus ojos, si percibiría el temblor de su cuerpo.

–Michael –susurró–. Yo…

Posó la boca en sus labios y los años pasados se desvanecieron. Todo el dolor y la tristeza se disolvieron en la magia del beso. Su corazón y cuerpo lo ansiaban y respondió instintivamente, devolviéndole el beso con pasión. Sintió la cálida y conocida intimidad de su cuerpo junto a ella, y la invadió una oleada de deseo. La maravilló lo fácil que era, tan natural...

Por fin, sin aliento, él apartó la boca y apoyó la mejilla contra la suya, en silencio.

Amy inspiró lentamente. El brazo de Michael aún la rodeaba y no quería moverse, ni abrir los ojos. Deseaba saborear esa mágica sensación de intimidad mutua. Era algo bueno, correcto.

–Mmm –murmuró él–, eso me ha resultado muy familiar.

–Sí –asintió ella suavemente.

–Debemos haber hecho eso antes –su voz tenía un tinte de humor.

–Una o dos veces –bromeó ella–. Cuando no teníamos nada mejor que hacer–. Apartó la mejilla y le sonrió. Él soltó una risita.

–Este matrimonio nuestro empieza a darme muy buenas vibraciones. Cuando recupere la memoria será como abrir los regalos de Navidad: un montón de maravillosos recuerdos y sorpresas.

Sus palabras fueron como un jarro de agua helada. Oh Michael, deseó decir, no será como Navidad. No ocultó el rostro a tiempo, y él se puso serio al verla.

–Amy, no te pongas así –la tranquilizó–. Ocurrirá. Sé que ocurrirá.

Algo no iba bien, pero no sabía qué. Michael, de pie ante la ventana de su dormitorio, pensaba en Amy, incapaz de dormir. Recordó de nuevo el beso, y cómo su cuerpo se había amoldado a él con toda naturalidad, y el ansia de su boca. A pesar de eso, en todo lo demás Amy actuaba de forma nerviosa y reticente, no como una amante esposa. Casi como si estuviera incómoda con él, como si…

Por supuesto que no estaba cómoda con él. Se comportaba como un extraño, la trataba como a una desconocida. Ella lo miraba con fijeza, lo estudiaba, como si ya no lo conociera.

¿Acaso no era el hombre que solía ser? ¿Había provocado el accidente y la amnesia un cambio de personalidad? Era una idea aterrorizadora. Pero él mismo percibía algo similar cuando se veía en el espejo, algo… no cuadraba.

Capítulo 3

AMY recorrió la casa mirando los muebles que tan bien conocía, las cajas de cartón perfectamente identificadas, las alfombras enrolladas. Miró a Michael y vio su cara seria. Sintió la tensión que emanaba de él al intentar descubrir si algo le resultaba familiar del lío de mesas, sillas y cajas que habían llegado esa mañana. Lo llamó a la oficina en cuanto acabaron de descargar y él no tardó en aparecer.

El rostro de Michael se iluminó al ver el piano. Fue hacia él de dos zancadas y, sin molestarse en buscar el taburete, dejó que su mano derecha recorriera las teclas, tocando una melodía rápida, alegre y vivaz.

–Tienes razón, toco el piano –dijo sonriente.

–Y además eres muy bueno –alabó ella, aliviada al verlo sonreír–. Ya verás cuando puedas usar las dos manos –dijo. Era bueno en todo lo que hacía, en todo lo que intentaba. Excepto como esposo, el pensamiento la asaltó y lo apartó de su mente.

Él se alejó y examinó la habitación.

–Esto es lo que yo llamo un sillón –dijo él, dejándose caer en uno enorme, mullido, de diseño contemporáneo e infinitamente cómodo. Le dio un vuelco el corazón. Se había fijado en el sillón como por instinto. De repente sus ojos se nublaron y extendió una mano–. Ven aquí –dijo, ronco.

Amy se acercó, sabiendo que no tenía otra opción.

Él tomó su mano y la acercó junto a sí.

–Solíamos sentarnos juntos en este sillón ¿verdad? –preguntó, buscando la respuesta en su rostro.

Ella asintió. Solían llamarlo «sillón nido de amor». Se sentaban juntos, abrazados, besándose y acariciándose. El sillón los acogía como un nido.

Y Amy se había sentado allí sola, cuando él no estaba en casa, llorando hora tras hora.

–Esto me hace sentir bien –dijo Michael, sentándola en sus rodillas y rodeándola con un brazo.

–Te acuerdas –susurró ella.

–Sí. Me acuerdo de sentarme en este sillón contigo –su voz sonaba temblorosa, pero le brillaban los ojos–. Es algo vago, no… muy visual, pero lo siento, lo sé. Es… real –besó la esquina de su boca–. No me apetece volver a la oficina –musitó contra sus labios–. Quiero sentarme aquí contigo y seguir recordando.

–¿Ves algo más? –preguntó ella, atenazada por el miedo. Imágenes, recuerdos y fotos que no había mirado en años inundaron su mente. Que recuerde otras cosas, rogó, pero no eso, aún no.

–No –replicó, apoyando la mejilla contra la suya–. Cuanto más lo intento, más se me escapa. Supongo que tengo que aceptarlo como venga –su voz era una mezcla de desilusión y resignación.

–Apenas ha pasado tiempo, Michael –consoló ella.

–Lo sé. Imagino que este es el momento adecuado para cultivar la virtud de la paciencia –dijo, más alegre. La apartó un poco–. Será mejor que vuelva a la oficina y me prepare para mi reunión.

Amy se bajó de sus rodillas y lo miró ponerse en pie y colocarse la corbata. La besó rápidamente y salió por la puerta, dejándola sola en la casa, sola con los restos de su pasado.

Cuando dejó a Michael, hacía dos años, solo se había llevado efectos personales, ropa, fotos y libros. Su vida, su matrimonio, en tan solo dos maletas.

Entonces deseó dejarlo todo atrás, olvidarlo para siempre, y ahora todo volvía, acosándola, persiguiéndola: su vida marital envuelta en papel verde claro y en cajas de cartón.

Y tenía que desenvolverlo todo, pieza a pieza, sacarlo a la luz. Era extremadamente cruel.

Se sentó al borde del sofá, temblorosa. Pensó en lo que podían contener las cajas, cosas que aún no podía soportar ver, tocar, oler. «No puedo hacerlo», pensó.

Se levantó, volvió a pasear y abrió todas las ventanas. Necesitaba aire para respirar.

La cocina. Podía empezar por ahí. Los utensilios de cocina eran bastante seguros.

A la una hizo una pausa para comer el bocadillo que había llevado consigo. Sentada en el porche, saboreó el olor acre de abetos y pinos. De vuelta en la casa, vació las cajas del comedor y de la sala de estar. Obras de arte, adornos, cojines y coloridas esteras.

Michael la llamó a media tarde.

—¿Parece ya un hogar? —preguntó. Ella se echó a reír, divertida por su impaciencia.

—Parece que ha pasado un tornado. Montones de cajas vacías y montañas de papel de envolver. Tardaré unos días en ordenarlo todo.

—Claro. Lo sé. Es que… supongo que necesito sentirme cómodo, instalado.

—Ya lo sé —dijo ella, sintiendo compasión.

¿Parece ya un hogar?

Hogar. Un sitio al que pertenecer, un sitio donde ser uno mismo y sentirse cómodo, un sitio que compartir con los seres amados. Claro que lo necesitaba.

—No te canses mucho —siguió él—. He planeado algo especial para esta noche, cena incluida.

–Vale –aceptó obediente, sonriendo a pesar suyo–. ¿Qué es? ¿Qué vamos a hacer?

–Es una sorpresa.

–Y no me lo vas a decir ¿verdad? –se rio, reconociendo al Michael del pasado.

–Exacto.

–Vale, vale –dijo con un suspiro de resignación.

Tras colgar el teléfono miró a su alrededor. El dormitorio principal. Inspiró profundamente, abrió las cajas y empezó a sacar su contenido. La ropa, zapatos, cuadros y ropa de cama de Michael. No había nada de ella, ninguna de las cosas personales que dejó atrás. ¿Qué había hecho con ellas? ¿Regalarlas? ¿Tirarlas? En realidad daba igual.

Colocó todo en los armarios y cajones, odiando la idea de acabar y tener que vaciar el resto.

¿Dormitorio dos o tres? Le temblaron las manos. Estaba aterrorizada, no podía hacerlo. Se abrazó y tragó saliva desconsolada.

Sonó el teléfono. Corrió al salón, levantó el auricular y consiguió emitir un «hola».

–¿Amy? ¿Eres tú? Soy Melissa. Me dieron el número en la oficina –sonaba muy nerviosa–. ¿Vais a mudaros a la casa?

–Sí –Amy se frotó la frente–. Los de la mudanza han venido esta mañana. Estoy desempaquetando.

–Oh, ¿es mal momento para hablar?

–No, no, está bien –replicó. Cualquier cosa menos abrir esas cajas. Se sentó en el suelo y apoyó la espalda en la pared–. ¿Cómo estás Melissa?

–Bien, pero mortalmente aburrida –hizo una pausa–. ¿Amy? –dijo con voz dubitativa.

–¿Sí?

–¿Cómo van las cosas con Michael? No quería llamarte tan pronto, pero estoy muy preocupada.

–Es muy raro –Amy inspiró profundamente–. No me conoce, Melissa.

–Oh, Amy –dijo desconsolada–. Tenía tanta esperanza… ya sabes, de que cuando te viera recobraría la memoria de repente. Eras su esposa. ¿Cómo puede no reconocerte?

–No lo sé, Melissa –Amy cambió el teléfono de lado–. Quiero preguntarte algo.

–Claro, lo que quieras.

–Cuando hablaste con Michael, antes de buscarme, ¿por qué no le dijiste lo nuestro? Lo de… –cerró los ojos y tragó–. Lo que ocurrió.

–Oh, Amy, simplemente no pude –sollozó Melissa–. Tenía tanto a lo que enfrentarse a la vez. No quería aplastarlo con… con eso, sin darle tiempo a recordar lo bueno, los tiempos felices. No me pareció justo, sobre todo por teléfono, y… ya le había dicho lo de mamá y papá… –su voz se apagó.

Los padres de Michael y Melissa habían muerto en un accidente aéreo, y Amy supuso que no fue fácil para Melissa rememorar esa historia para él.

–Sí, supongo que tienes razón –Amy estiró las piernas y fijó los ojos en sus pies desnudos. Melissa había intentado proteger a Michael; no podía culparla.

–Sé que hice algo terrible al pedirte que fueras con él, sin decirle la verdad –barbotó Melissa–. ¿Estás enfadada conmigo? No te culparía por ello, lo sabes.

–No estoy enfadada. A decir verdad, la mitad del tiempo no sé ni lo que siento. Todo es muy confuso.

–Te echo de menos, ¿sabes? –suspiró Melissa–. Cuando desapareciste me sentí fatal. Eras como la hermana que nunca tuve.

–Lo sé, Melissa, lo siento –dijo Amy, con una punzada de culpabilidad y arrepentimiento.

–¿Has estado en Filadelfia todo este tiempo? –inquirió Melissa tras una pausa.

–Sí.

–¿Estabas… bien? Quiero decir… –no pudo acabar la frase.

–¿Bien? Sí, supongo que sí –dijo. ¿Qué era bien?

–¿Has…? –Melissa titubeó–. ¿Hay otra persona? ¿Sales con alguien?

–No –Amy soltó una risita seca–. No hay un hombre en mi vida. No me interesan.

–Michael no ha mirado a otra mujer desde que… desde que te fuiste.

–Melissa…

–Sí, ya lo sé, no me incumbe, pero quiero que lo sepas.

–Melissa, lo que ocurrió entre nosotros no fue una simple regañina que… que… –su voz se apagó. No quería hablar de eso.

–¡No quería decir eso! Lo siento, de verdad.

La conversación era muy tensa, no se parecía en nada a las de antes, llenas de risas y confidencias. Melissa sentía lo mismo, era obvio en su voz.

–Será mejor que te deje seguir con tu trabajo –dijo Melissa–. Por favor, prométeme que me llamarás si Michael empieza a recordar, sea lo que sea.

–Claro que sí. Seguramente te llamará él mismo.

Amy se alegró de que la conversación acabara. Después recordó lo que iba a hacer y se le hizo un nudo en el estómago. Encogió las rodillas y las rodeó con los brazos. Estaba cansada, muy cansada.

Oyó que se abría la puerta delantera. Michael. Michael al rescate. El resto de las cajas tendrían que esperar al día siguiente.

Con alivio, se puso en pie y se pasó las manos por el pelo. No se había dado cuenta de lo tarde que era. Él entró con aspecto inmaculado y sofisticado, totalmente fuera de lugar en la caótica habitación.

–Ahí estás –le dio un beso en la mejilla–. Has trabajado mucho –recorrió la sala con la mirada–. Esto está muy bien. Me gusta esa estera, muy colorida.

Miraba a su alrededor como un visitante que nunca hubiera visto nada de lo que había allí. Recorrió rápidamente el resto de la casa y volvió a la sala de estar; ella, de rodillas en el suelo, amontonaba trozos de papel. Él sonrió, pero el bronce apagado de su mirada lo delató.

–Paciencia, ¿recuerdas? –le dijo con gentileza.

–Sí, es buena para el carácter –su tono era seco. Le ofreció la mano derecha–. Vamos, ya has hecho suficiente por hoy. Volvamos al hotel a relajarnos un rato.

Aceptó su mano y dejó que la ayudara a levantarse.

–¿Estás bien? –inquirió Amy, aunque sabía la respuesta.

–Claro que estoy bien –replicó él, haciendo una mueca con la boca. La llevó de la mano hasta el hotel.

De vuelta en la habitación, Michael dejó la chaqueta sobre una silla, se quitó la corbata y sirvió dos copas de vino.

–¿Qué te parecería ir a la playa, cenar allí y ver la puesta del sol? –preguntó él–. Tú y yo solos.

Amy tomó un sorbo de vino. Una cena en la playa. Era algo que solían hacer en la isla. Luchó contra las imágenes que invadieron su mente.

–¿O prefieres cenar en un restaurante?

–No, la playa está muy bien –aceptó ella, sin valor para desanimarlo.

–Pensé que te gustaría. Llevas todo el día encerrada y… ejem… se me ocurrió –arrugó la frente–. Nosotros…dijiste que nos gustaba estar al aire libre.

–Sí, nos gusta. Me encantará respirar un poco de aire fresco –admitió. Era típico de él pensar en eso. El generoso Michael de antes, queriendo hacerla feliz.

Se duchó y se puso unos pantalones de algodón blancos, una camiseta verde y sandalias, y se ató una sudadera a la cintura por si refrescaba después.

Michael se había puesto unos vaqueros y una camisa, que ella abotonó. El paseo hasta la playa era corto, y el aire del atardecer cálido. Amy adoraba el olor del océano y sentir la brisa en la cara.

El restaurante les había preparado un picnic; Michael llevaba la cesta, y Amy una manta mejicana para sentarse. Se acomodaron en la manta, con la espalda contra las rocas y Amy abrió la cesta con curiosidad. Porciones de tartaleta de queso con pimientos rojos asados, albahaca y aceitunas. Tabule y pan de pita. Uvas y melocotones. Incluso había una botella de vino y dos copas.

–Mmm… tiene una pinta exquisita –dijo–. No me había dado cuenta del hambre que tengo.

–Entonces, empieza –dijo él, sucinto. Ella obedeció–. Me encanta verte comer –sonrió él.

–¿Sí? ¿Por qué?

–Lo haces con mucha pasión.

Pasión. Cielo santo. Amy se echó a reír.

–La comida es buena. Al menos la buena comida. Y hay que comer, así que ¿por qué no disfrutarlo?

–A mí no tienes que convencerme –dijo él, sirviéndose más tabule. Ella notó que comía con apetito. Si seguía así, llegaría a parecer menos demacrado.

–Mira eso –exclamó él, mirando al horizonte. Dejó la copa de vino y capturó su mano izquierda.

El sol estaba bajo y teñía el cielo y las nubes con llamaradas de color, que se reflejaban en el agua.

–Es maravilloso –Amy suspiró admirada, pendiente de los dedos que jugueteaban con su mano–. En la isla veíamos puestas de sol preciosas –dijo quedamente–.

Nos sentábamos en el porche a verlas, cuando tú volvías del trabajo.

–Parece una buena manera de acabar un día de trabajo –contestó él.

–Sí, lo era –comenzó a comer uvas, mientras él tocaba y acariciaba sus dedos, como si estuviera redescubriendo sus huesos, la forma de sus uñas, la textura de su piel. Le acariciaba la palma de la mano con el pulgar, una sensación tan erótica que Amy se sonrojó. Dejó el resto de las uvas en la caja y retiró la mano.

–¿Otra copa de vino? –preguntó él, con toda naturalidad. Ella negó con la cabeza.

–Una es suficiente –se dejó caer en la manta y miró el cielo. Empezaban a aparecer algunas estrellas, aquí y allá–. Si me duermo, despiértame cuando suba la marea –dijo, y cerró los ojos. Las palabras le salieron casi automáticamente y se arrepintió de inmediato. Esa no era ella; era la Amy de antes, incitando, tentando.

La Amy de antes. El Michael de antes. No podía dejarse atrapar por la ilusión de un viaje en el tiempo. Se incorporó antes de que Michael pudiera responder.

–Era broma –dijo, obligándose a sonreír.

Apoyado contra la roca, él la estudió con un brillo diabólico en los ojos. Ella tuvo la sensación de que sabía perfectamente que no lo había dicho en serio, o de que la Amy de antes no lo habría hecho.

–Déjame que adivine –dijo él seductor–. ¿Nos gusta hacer el amor al aire libre?

–Sí –replicó ella, respirando con dificultad. ¿Qué otra cosa podía decir?

–¿En sitios como la playa?

–Sí –Amy deseó cambiar de tema. Alcanzó una uva y se la metió en la boca–. Están muy dulces.

–Eh –murmuró él–, ¿te estoy avergonzando?

–No. ¿Por qué ibas a avergonzarme?

–No tengo ni idea –le agarró la mano y tiró suavemente–. Túmbate, pon la cabeza en mi regazo –pidió. Ella notó algo raro en su voz.

No supo como negarse. No pienses, no sientas, simplemente hazlo. Apoyó la cabeza en su regazo, como había hecho innumerables veces. Miró al cielo, tensa y nerviosa.

Él le acarició el cabello lenta y sensualmente, y comenzó a relajarse. Era una sensación maravillosa, y de repente comprendió cuánto había echado de menos que la tocaran los dos últimos años.

–Dime, ¿en que otros lugares al aire libre nos gusta hacer el amor, además de la playa?

–En otros –se evadió Amy. No quería hablar de eso. Una vocecita interior la contradijo: Tienes que hacerlo. Tienes que contarle todo.

No todo.

–Sé más específica –le acarició la mejilla–. Quiero saberlo.

Ella tragó saliva y siguió mirando al cielo. Era increíble, irreal, que no supiera esas cosas, que no recordara hacer el amor con ella en escondites idílicos, que habían encontrado explorando la isla.

–En la isla había un lugar en el bosque,–comenzó–, cerca de un arroyo. El agua era muy clara y fría –vio la imagen claramente, e intentó describírsela, para hacerla real. Mientras hablaba sentía su mirada, su mano acariciándole el rostro, la mandíbula, la barbilla. Se humedeció los labios–. También nos gustaba ir al otro lado de la isla, el del Atlántico. La costa es muy abrupta, con acantilados y charcas. Ibamos a escalar, y un día encontramos una cueva perfecta, sobre el mar.

Él callaba, quizá intentaba imaginarse lo que le describía. Su mano le acarició la garganta y siguió hacia abajo; el pulso de Amy se aceleró más y más. Le tocó un pecho y el calor la invadió.

En la cueva siempre habían hecho el amor con pasión, con la fuerza y urgencia del océano, de forma tan primaria como la naturaleza que los rodeaba. Ella inspiró lentamente. El aire vibraba con el ruido del mar, de las olas al romper. Sería muy fácil imaginar que estaban en esa cueva; reencontrar el cuento de hadas perdido. Sería muy fácil hacerle el amor.

Pero ese era otro océano, otro tiempo, y la fantasía no podía durar. No debía dejarse seducir por una ilusión, y lo que ocurría no era más que eso.

Bueno, decía una vocecita, ¿a quién le importa? Disfruta mientras puedas. ¿Qué tiene de malo un poco de felicidad?

Michael deslizó la mano bajo su camiseta, deteniéndose un momento sobre su estómago.

–Nosotros dos en una cueva –dijo en voz baja–. Intento imaginármelo.

El ruido del mar, ¿o era el de su corazón?, le golpeteó en los oídos. Se quedó muy quieta, sintiendo cómo la mano se movía hacia arriba, apartaba la hombrera del sujetador y liberaba un seno. La acarició el pezón con el pulgar, y sintió calor en todo el cuerpo.

No había hecho el amor con ningún hombre desde Michael, no había sentido deseo. Ahora era como si hubieran encendido un fuego en su interior; y sus sentidos percibían cada sonido, olor y caricia.

–Quiero hacerte el amor –dijo él con voz profunda y ardiente.

–Creía que… con la escayola y las costillas…

–Me importan bien poco la escayola y las costillas –farfulló él–. Te necesito. Necesito estar cerca de ti. Necesito saber lo que siento al hacerle el amor a mi esposa –su voz tenía un tinte ronco, atormentado–. Amy… ¿no me deseas?

Las olas estallaban contra las rocas, explotando en espuma blanca que brillaba a la luz de la luna. Una y otra vez. El sonido llenó la mente de Amy, dejando fuera el pensamiento.

–Te deseo –susurró. Su cuerpo latía, casi con dolor, se sentía perdida en sus sensaciones, incapaz de luchar contra ellas.

–Entonces… ¿qué nos detiene?

–No… no lo sé.

–Yo tampoco –hizo una pausa–. Siéntate –pidió–. Pon las piernas aquí.

Amy se sentó sobre sus muslos y él puso la mano derecha tras su cabeza, buscando su boca como un poseso, besándola con tal pasión que ella se sintió débil y temblorosa.

–Tenemos demasiada ropa puesta –dijo con voz entrecortada, la apartó un poco y comenzó a tironear de su camiseta. Entre los dos se deshicieron de la camiseta y el sujetador. Michael apoyó la cabeza entre sus senos–. Me encanta sentirte –murmuró.

Amy se ahogaba. Se apretó contra él, deseando proximidad, más piel que acariciar, pero aún había demasiada ropa de por medio. Sintió su boca, caliente y húmeda, tomar un pezón y luego el otro, y el deseo le hizo hervir la sangre.

Intentó, con torpeza, desabrocharle los botones. Sacó la manga de la escayola primero, luego liberó el otro brazo y tiró la camisa a un lado.

–¿Te duele? –le preguntó, apoyando suavemente las manos sobre su pecho y sintiendo el cosquilleo de su vello bajo los dedos.

–No –murmuró él. Se recostó en la roca con los ojos cerrados, respirando con agitación.

Amy sintió el golpeteo de su corazón, fuerte y reconfortante, bajo las manos. Era un milagro que estu-

viera vivo, un milagro que su corazón latiera, un milagro que ella estuviera allí sintiéndolo de nuevo.

Podría estar muerto.

Muerto.

Durante un instante la invadió una terrorífica oscuridad. Tembló convulsivamente, y un gemido intentó
brotar desde lo más profundo de su ser.

No pienses. No sientas. Inspiró profundamente e intentó relajarse pero, en vez de conseguirlo, las lágrimas
comenzaron a deslizarse silenciosamente por sus mejillas.

—¿Amy? Dios mío, ¿qué te pasa?

No podía hablar. Rodeó su cuello con los brazos y
apoyó la cara contra la de él.

—Estás llorando. Amy...

—Podía sentir tu corazón —balbuceó.

—Tengo uno —dijo él, seco.

—Estás vivo —murmuró ella.

—Lo estaba, sí, hace un minuto —Michael se rio.

—Lo siento —emitió un sonido, medio risa, medio sollozo—. Supongo que me impresionó. No sé qué pasó.
Yo... no lo sé.

Sí lo sabía, pero no podía decírselo. Él la sujetaba, y
su mano le acariciaba la espalda desnuda, tranquilizán-
dola. No podía soportarlo, no aguantaba la tensión de
tantas emociones, la necesidad de amarlo como antes,
de esa manera que ya no podía ser.

—Ojalá me conocieras —musitó. Ojalá me conocieras
como cuando todo era felicidad entre nosotros.

—Sí —replicó él. Amy percibió anhelo en su voz.

«No estoy siendo justa con él», pensó con tristeza,
«No soy justa conmigo misma. No sé que hacer».

Estuvieron sentados un rato, sin hablar y sin moverse. Por fin, el dejó caer el brazo.

—Será mejor que volvamos —dijo Michael.

—Lo siento —volvió a decir ella.

—No te disculpes, Amy, por favor.

Ella se levantó, se puso la camiseta y metió el sujetador en el bolso. Después ayudó a Michael con la camisa, evitando sus ojos.

—No era mi intención estropearlo todo —dijo, con esfuerzo.

—No importa, Amy.

Pero sí importaba. Ella se mordisqueó el labio, sintiéndose impotente. En silencio, recogieron las cosas y se encaminaron de vuelta al apartamento.

Michael miró la carpeta que había sobre el escritorio y se dio cuenta de que no tenía ni idea de lo que había leído. Solo podía pensar en Amy, su esposa.

Su mente consciente solo la conocía desde hacía dos días, y la deseaba con una pasión que lo anonadaba. Tenía que ser algo más, algo que intentaba aflorar, la manifestación emocional de todo el amor y deseo que no recordaba. ¿Cómo si no podía afectarlo tanto?

Cerró la carpeta y se levantó. Se acercó a la ventana de la oficina y miró el mar y el cielo, viendo solo el rostro de Amy la noche anterior, en la playa. Deseaba hacerle el amor, ansiaba conocerla como antes, sentir intimidad y pertenencia. Era su mujer. Era correcto sentirse así, desearla, amarla. Era una cosa buena.

Pero se sentía un impostor. No podía ofrecerle al marido ni al amante que fue una vez. Solo podía ofrecerle lo que era ahora, lo que sentía ahora, y no estaba seguro de que fuera suficiente. No estaba seguro de que fuera algo más que pura lujuria.

Y no porque el deseo físico fuera malo; en un matrimonio sano, era fuente de diversión y disfrute.

Cerró los ojos con frustración. Vio los ojos verde

claro, la boca suave, la textura perlada de su piel. La amaba. Lo sabía.

Pero no quería hacerle el amor pensando que solo sentía lujuria. Tenía que ir con calma, hasta que…

El sonido del teléfono interrumpió sus pensamientos. Se apartó de la ventana y pulsó el botón del intercomunicador.

—¿Sí? —se sentó y se frotó el cuello, intentando despejar su mente.

—Señor DeLaurence —dijo su secretaria—. La señorita Jennifer Casey está aquí. Dice que la conoce.

Michael hizo una mueca. Cualquiera podía decirlo.

—Que entre, por favor —el nombre no le decía nada.

Se abrió la puerta y entró una mujer delgada, vestida con un elegante traje de chaqueta. Pelo rizado y castaño enmarcaba un rostro expresivo y atractivo, de ojos grandes y marrones. No conocía a esa mujer.

—¿Michael? —la voz tembló con aprensión.

Se levantó y ella corrió hacia él y le echó los brazos al cuello.

—Oh, Michael, siento muchísimo lo que te ha ocurrido.

Capítulo 4

DURANTE un instante Michael se quedó quieto sin saber que hacer, consciente del perfume de la mujer. Después se apartó con gentileza.

–Siéntese, por favor –pidió, frustrado de no reconocerla y sin saber cómo tratarla. ¿Era una buena amiga a quien debía besar en la mejilla? ¿Una prima suya, a quien no veía hacía tiempo?

Sin moverse, ella escrutó su rostro. Luego, lentamente se dejó caer en una silla, con aire derrotado. En vez de sentarse frente a ella, Michael se sentó tras las mesa, necesitaba cierta distancia.

–Oh, Michael –balbució ella–. No puedo creerlo. No sé que decir.

–Supongo que podrías empezar por decirme quién eres –apuntó él, con un ligero tono irónico.

–Esto es muy extraño, Michael –nerviosa, se humedeció los labios con la lengua y se colocó el pelo tras las orejas. Inspiró profundamente e hizo un esfuerzo obvio por controlarse–. De acuerdo. Nos conocimos en St. Barlow hace varios meses, cuando yo realizaba un proyecto de integración de redes informáticas en el hospital. Mi empresa está en Seattle.

Tenía voz cantarina y melodiosa, y ojos bellos y expresivos. Él no quería fijarse en eso, pero lo hizo.

–Era un proyecto de envergadura, y tuve que volver

varias veces; me alojaba en tu hotel. Llegamos a conocernos muy bien, Michael –lo miró suplicante, instándolo a recordar–. Pasamos mucho tiempo juntos –se mordió el labio–. ¿No recuerdas nada?

Él negó con la cabeza, sintiéndose muy inquieto.

–Era algo complicado, porque tú te venías a Oregón y yo viajo mucho por mi trabajo, pero íbamos a intentar arreglarlo para vernos siempre que pudiéramos –hizo una pausa, y Michael oyó los latidos desbocados de su propio corazón–. Tenemos algo muy especial, Michael. Tú... somos... –su voz se apagó.

–Lo siento –dijo él, con el estómago encogido. ¿Algo muy especial? ¿De qué hablaba? ¿Es que estaba loco? El rostro de Amy le pasó por la mente y lo único que deseó fue sacar a esa mujer de allí, cuanto antes.

–¿Qué vamos a hacer, Michael? –le preguntó con voz suave y temerosa.

–¿Sobre qué?

–Sobre lo nuestro.

–Dadas las circunstancias, creo que no debemos hacer nada –replicó. Sentía opresión en el pecho e intentaba mantener la calma, absorber lo que le había dicho y entender las consecuencias.

–No tienes por qué ofrecerme la libertad, Michael –le sonrió débilmente–. No me asusto fácilmente.

–Necesito poner mi vida en orden, y puede que tarde mucho en hacerlo –confirió a su voz un tono profesional, aunque se sintió cruel al hacerlo. No quería ver el dolor en los ojos de la mujer. ¿Qué le habría dicho? ¿Qué le habría prometido?

–Ojalá supiera cómo ayudarte –dijo ella dolida.

–No puedes hacer nada.

–Pareces un desconocido, Michael –comentó con tristeza, tras observarlo un momento en silencio.

–Me siento como un desconocido –replicó él, con una leve sonrisa–. Incluso para mí mismo.

–El plan era que vendrías a Seattle a verme dentro de quince días –hizo un gesto impotente con la mano derecha–. ¿Debo entender que no quieres venir?

–Sí, será mejor así –replicó con la boca seca. Tenía esposa. ¿Qué hacía esa mujer en su vida?

–Michael, no puedes apartarme tan fácilmente –se puso en pie y lo miró en silencio–. No estoy dispuesta a renunciar a nuestra relación, pero quizá sea mejor que te des algo de tiempo. Esto debe ser muy traumático para ti.

–Confuso y frustrante, al menos –admitió él, levantándose–. Te agradezco que lo entiendas, Jennifer.

–Prométeme una cosa, por favor –lo miró a los ojos–. Si cambias de opinión, llámame, ¿de acuerdo?

–Lo haré –asintió él abriendo la puerta.

–Adiós, Michael. Cuídate –lo besó suavemente en la boca–. Seguiré en contacto.

No lo hagas, por favor, deseó decir él, pero calló. Se sentía mal. ¿Qué había hecho? ¿Qué clase de hombre era?

A principios de la tarde Amy vio a Michael llegar a la puerta delantera. No lo esperaba hasta más tarde.

–Hola –saludó, cuando entró en la habitación–. No pareces muy contento.

–Tengo que ir a Los Ángeles un par de días –gruñó él–. Por negocios. Quieren filmar una película y utilizar el Aurora como escenario –se mesó el cabello con impaciencia–. No quería dejarte sola tan pronto, acabas de llegar.

–¿Cuándo tienes que marcharte?

–Salgo en el próximo vuelo.

–¿Y acabas de enterarte?

–No, no. Iba a ir Connor, pero su mujer se ha puesto de parto esta mañana, con un mes de antelación, y tengo que ir yo. Créeme, no es lo que quiero hacer, pero no tengo otra opción.

–Está bien. El trabajo es el trabajo –aceptó ella.

–Sí, y mi matrimonio es mi matrimonio, y acabo de enterarme de que tengo uno –arrugó la frente y la miró un momento–. ¿Quieres venir conmigo? ¿Puedes estar lista en una hora?

Los Ángeles. En circunstancias normales le habría encantado ir, pero pensó que si él se iba, le daría un respiro. Necesitaba distancia, física y emocional.

–Si es trabajo, estarás ocupado casi todo el tiempo ¿no? –preguntó con tono despreocupado–. ¿Por qué no me quedo aquí y pongo la casa en orden? Así podremos mudarnos cuando vuelvas –era una idea muy razonable, o al menos eso esperaba ella.

–Si lo prefieres…

¿Era desilusión lo que vio en sus ojos? No estaba segura, pero se sintió culpable de todos modos.

Cuando se marchó, Amy lanzó un suspiro de alivio. Necesitaba estar sola tanto como necesita agua un viajero perdido en el desierto.

La noche anterior estuvieron a punto de hacer el amor, y lo había deseado con todas sus fuerzas. Pero lo que deseaba no era real, era una ilusión.

Había sido un error venir; tendría que haberlo pensado mejor, pero no había pensado. Simplemente lo había hecho. ¿Qué locura la había poseído?

Apenas soportaba la tensión. Se sentía culpable por su engaño. Culpable cada vez que veía el deseo y la añoranza en su rostro, sabiendo que él nunca encontraría lo que buscaba. Y tenía miedo de sus propios anhelos cuando la asaltaban los recuerdos; el pasado volvía como un torrente y lo único que deseaba era lanzarse dentro, recuperarlo.

Podía irse. Podía irse antes de que Michael regresara de Los Ángeles. Sintió una inmensa sensación de alivio. Nadie la obligaba a quedarse.

Si se daba prisa, podría dejar la casa preparada y escribirle una larga carta explicándole todo: que ya no era su esposa, que él ya no la amaba, que en realidad no la quería en absoluto.

Se apartó de la ventana para no pensar más. Tenía mucho que hacer. Trabajó frenéticamente durante el resto del día, intentando mantener la mente ocupada con cosas prácticas. En un par de días todo habría acabado y estaría a salvo, de vuelta en Filadelfia.

Michael la llamó desde Los Ángeles por la noche.

—Sólo quería oír tu voz. Acabo de irme y ya te echo de menos —dijo. Ella deseó que se la tragara la tierra—. No hago más que pensar en ti, y me cuesta concentrarme en las reuniones —siguió él—. ¿Qué será lo que me ocurre?

Ella no deseaba oír eso. Se sentía mezquina e indigna. Con una fuerza que no creía poseer, aisló una parte de su cerebro, la parte fría, tranquila y racional.

—Probablemente no sea más que un virus —dijo con ligereza, casi asustada de sus dotes de actriz—. Tómate un par de aspirinas y bebe mucho líquido.

—No creo que eso cure mi mal —él se rio—. De hecho, me parece que es incurable.

—Eso podría ser un problema, si no te concentras en tu trabajo te quedarás sin empleo y entonces ¿qué? —objetó ella, el esfuerzo de ocultar su emoción hizo que le temblaran las piernas.

—Eres una gran ayuda —dijo él.

–Cuando quieras –se derrumbó en una silla, sin fuerzas.

–¿Cómo te va?

–Muy bien. He desempaquetado muchas cosas.

–No quiero que trabajes demasiado y te agotes.

–Escalo montañas y no me agoto –replicó ella secamente.

–Vale, me olvidé. Sigo viéndote como una mujer baja, delgada y sexy, con enormes ojos verdes, que da la impresión de que se romperá en dos si soplo.

–Oh, por favor, Michael –rezongó Amy. Él soltó una carcajada.

–Tengo que dejarte. Me esperan. Te veré pronto.

–Adiós –dijo ella, colgando el teléfono. Se quedó en la silla varios minutos, intentando no despreciarse demasiado. Pero no funcionó.

¿Qué pasaba con ella? Iba a hacer lo mejor para ambos.

Michael se incorporó en la cama sobresaltado, empapado en sudor. Se había despertado con una intensa desazón y, durante un momento se quedó sentado, respirando, intentando calmarse.

Encendió la lámpara de noche y miró a su alrededor. Estaba en una habitación de hotel, normal, limpia, impersonal. En Los Ángeles, no en una casa vacía, en la isla. Todo había sido un sueño, nada más.

Amy estaba en Oregón, en el Aurora, durmiendo. Miró el teléfono que había junto a la cama. Deseaba oír su voz, saber que estaba allí, pero era muy tarde y la despertaría. Apagó la luz, se tumbó y cerró los ojos; fue un error.

Volvió a ver en su mente la nota azul que vio en el sueño, vio las palabras escritas tan claramente como si las tuviera delante. Lo atenazó el miedo. Las imágenes eran horriblemente vívidas y reales.

Pero era una tontería. Solo una pesadilla que lo acosaba, alimentándose de sus miedos irracionales. Volvió a incorporarse, encendió la luz y abrió el libro que había en la mesilla. Entonces, otra imagen relampagueó en su mente. Un rostro de mujer. Cabello castaño y enormes ojos marrones.

Jennifer Casey.

Sintió una punzada en el estómago y tiró el libro al otro lado de la habitación, dejándose llevar por la ira. ¿O era otra cosa? ¿Miedo? ¿Culpabilidad?

No quería pensar en Jennifer Casey, no quería recordar el dolor que vio en sus ojos.

Amy pasó la noche inquieta y sintió alivio cuando la luz del día iluminó por fin la habitación.

Tras una taza de café y unas tostadas se fue derecha a la casa y se puso a trabajar. Confiaba en acabar ese día; a la mañana siguiente haría las maletas y se iría. Michael le había dicho que volvería tarde, a la hora de cenar. Lo mejor era ser práctica.

Mientras trabajaba intentó componer la carta en su cabeza, pero era incapaz de juntar las palabras. Después de tanto tiempo, lo ocurrido aún le resultaba intolerable. Sonó el teléfono y se le alteró el pulso. «Que no sea Michael» rogó en silencio.

Era Michael.

—Buenos días —dijo—. ¿Cómo está mi mujer?

—Estoy bien. Ocupada —cerró los ojos.

—¿Demasiado ocupada para hablar conmigo?

—No —era la única respuesta posible. Se forzó a representar su papel— ¿Qué tal tú? ¿Cómo va el trabajo?

—Va, pero tú no haces más que interferir.

–¿Yo interfiero?

–No haces más que insinuarte en mi pensamiento. Te has instalado permanentemente. Y me gusta.

–Bueno, siempre y cuando dejes un poco de espacio para pensar en el trabajo.

–Es una lucha –comentó él con voz seca–. Lo que pienso sobre ti es mucho más interesante.

Ella no quería escuchar eso, sabía dónde acabarían si le seguía el juego. Recordaba conversaciones parecidas, de cuando Michael estaba de viaje. Se sentaban en la cama y hablaban por teléfono: conversaciones excitantes e íntimas, que siempre deseó que nadie pudiera interceptar, porque hubiera sido humillante.

–Espero que nadie te esté escuchando –le dijo–. ¿Dónde estás?

–No he dicho nada indiscreto –intervino él–. Aunque no por falta de ganas. Tengo impulsos claros en ese sentido: hacerle proposiciones sugerentes y amorosas a mi esposa por teléfono. ¿Eso es nuevo o ya lo hacía antes?

–No es nuevo –tragó una bocanada de aire.

–Bien –soltó una risa–, eso me gusta de mí mismo. Quiero que me lo cuentes cuando vuelva.

Ella no estaría allí cuando volviera.

–No me has dicho desde dónde llamabas. ¿una oficina privada?

–Desde una cabina –rio él–, y alguien de pelo verde, con un aro en la nariz, está detrás de mí, así que haré lo correcto y dejaré que él, o quizá ella, use el teléfono.

Tras la conversación, Amy apoyó la cabeza en la mesa de la cocina e intentó calmarse lo suficiente para buscar un bolígrafo y un cuaderno.

Media hora después seguía sentada a la mesa, mirando un papel en blanco, con el bolígrafo en la mano. No encontraba las palabras adecuadas. No estaban allí; simplemente no existían.

Vio a Michael como era ahora, fuerte y valiente, capaz de reírse de sus problemas. Un hombre que deseaba amarla y conocerla como esposa, convencido de que sus sentimientos por ella volverían, que ya estaba medio enamorado de ella. ¿Cómo podía decirle a Michael, que intentaba recuperar su vida, que esos sentimientos eran inútiles porque no tenían fundamento, que solo se basaban en ilusiones y mentiras? Le robaría todo lo que le sustentaba, todo lo que creía que era bueno en su vida.

Pensó en las flores que le había regalado. «A mi esposa, me alegra que estés aquí». Pensó en lo que le había dicho: «Me hace sentirme un hombre muy rico. No hago más que pensar en ti». Sintió una oleada imparable de emoción.

No podía decírselo.

Y no podía irse. Sería terrible hacerle eso ahora. Sería imperdonable abandonarlo cuando la necesitaba.

Tenía que terminar lo que había empezado. Estar con él y ayudarlo hasta que se curara la amnesia y descubriera la verdad. Y después enfrentarse a las consecuencias, por difícil que fuera.

Y de alguna manera tendría que resistirse a enamorarse de él otra vez, porque ese hombre cariñoso, divertido y sexy en realidad no era Michael.

Era un Michael que ya no existía.

Capítulo 5

COMO un autómata, Amy colocó el resto de los muebles, vació las cajas e hizo las camas.

Descubrió con alivio que no había nada que la hiriera en las cajas. Lo que temía encontrar había desaparecido. Sintió un nudo de dolor en el pecho. ¿Qué había hecho Michael con esas cosas?

¿Las habría tirado? ¿O regalado?

A él no le importaba. Solo había deseado olvidar lo ocurrido, seguir adelante como si todo fuera bien.

Se sentó en el suelo del despacho, revisando cajas de material, y recordó los dolorosos últimos meses que pasaron juntos en la isla. La vieja y conocida angustia la invadió, llenando su boca de amargura.

Michael se escondió en su oficina, y llegaba a casa cada día más tarde, agotado. Ella intentó desesperadamente hablar con él, sin éxito. Sus lágrimas lo irritaban e impacientaban. Se sumergió en su trabajo, alejándose más y más.

Ella, en cambio, era incapaz de trabajar, de enseñar a los excursionistas las maravillas de las montañas. Pasaba horas mirando al vacío, llorando, durmiendo, drogada por los calmantes que le recetó el médico.

La distancia emocional entre ellos se acrecentó día a día y ella se angustió cada vez más. Miraba el rostro adusto y no veía al hombre que amaba, sino a un desconocido que no quería estar con ella.

Amy miró ciegamente las carpetas que tenía en la mano. Al final pensó que lo odiaba, y la sensación fue tan horrible que no pudo soportar seguir con él, sentir como el silencio la ahogaba. Solo deseaba escaparse de todo, volver a empezar sin él.

Ahora estaba de nuevo junto a él, pero ya no era el desconocido silencioso y airado que abandonó. Volvía a ser el hombre al que amó tiempo atrás, el hombre que disfrutaba con su compañía y le hacía reír. El que le provocaba ganas de cantar y bailar.

Y quería a ese hombre con toda su alma y corazón.

¿Pero cómo conseguir algo que no era real?

Michael sintió una ola de cariño cuando oyó la voz de Amy al otro lado de la línea. Era la tercera vez que llamaba, y se sentía como un adolescente enamorado.

—Debería haberte convencido de que vinieras conmigo —dijo gruñón.

—¿Por qué?

—Porque no estarías sola —replicó, a sabiendas de que debería haber dicho: No quiero estar solo.

—Lo soportaré, Michael —dijo con voz divertida.

—No sé si yo podré —devolvió él, poniendo voz dramática—. Soy algo nuevo en esto de ser marido, me preocupo. No me gusta imaginarte sola, desvalida e indefensa, sin mi protección.

Ella soltó una risita ahogada.

—Podría pasar cualquier cosa —afirmó él.

—¿Como qué?

—Podrías perderte en el bosque —improvisó—. Podrían secuestrarte los extraterrestres —oyó a Amy reír.

—Sí, tienes razón, no había pensado en eso. Pero tú me rescatarías, Michael. No me preocupa.

—Cierto, lo haría —sonrió bobamente. Hablar con

ella le ponía de buen humor. Podría pasar dos horas sentado allí, escuchándola.

—Casi he acabado —dijo ella, alegre—. Solo queda una pila de cajas de libros. Las dejaré para otro momento. No hay prisa.

—Podemos hacerlo juntos algún día.

—Sí, estaría bien.

—Ya me lo imagino —dijo él—, un fuego, música romántica y tú y yo ordenando libros, bebiendo una copa de vino, quizá leyéndonos el uno al otro.

De pronto las imágenes danzaron en su mente. Ellos dos en una cama grande, leyéndose uno al otro, Amy reía. Una ventana abierta al cielo nocturno, y los visillos ondeando en la brisa. Amy con un camisón corto, las piernas cruzadas estilo yogui, el cabello suelto cayendo libremente sobre su rostro y hombros.

Aguantó la respiración, emocionado.

—¿Amy? ¿Es algo que hacemos? ¿Nos leemos?

—Sí. ¿Lo recuerdas?

—Ha sido solo… un destello, una especie de visión. Nos he visto haciéndolo. Dime, ¿qué solemos leer? ¿Poesía?

—Normalmente no —ella soltó una risa—. Nuestras sesiones de lectura no son muy intelectuales. Leemos obras graciosas, libros de viajes, informativos.

—¿El *Kama Sutra*? ¿En la cama? —Michael no pudo resistirse.

—¿Estás en un teléfono público? —preguntó ella con tono de censura.

—Desde luego que no —replicó él simulando indignación—. Estoy en la habitación del hotel, solo.

—¿No sales con nadie?

—Bueno, sí, pero dentro de diez minutos. Copas y cena con gente de la industria cinematográfica. Ojalá estuvieras aquí para poder saltármelo —consideraba a su mujer infinitamente más excitante.

–Me halagas.

–Lo digo en serio. Te leería el *Kama Sutra*.

–¿Acaso lo tienes a mano? –preguntó ella cortante.

–No, pero podría conseguirlo –seguro que en la librería que había frente al hotel lo tenían en varios idiomas–. ¿Amy?

–¿Sí?

Sus ganas de bromear se apagaron. Cerró los ojos.

–Me muero de ganas de verte, de estar en casa contigo.

–Mañana –dijo ella con voz temblorosa, tras un breve silencio. No dijo más. Él sintió un pinchazo de aprensión al colgar el auricular.

Amy dejó escapar un suspiro al colgar. Sabía que debió decir algo más, decirle que ella también ansiaba verlo, pero no le salieron las palabras.

Volvió al hotel y se preparó un bocadillo. Después hizo sus maletas y las llevó a la habitación de invitados de la casa. Apiló los álbumes de fotos en la mesita del café. Le tembló la mano al tocar el paquete envuelto en plástico blanco y, sin pensarlo, lo escondió en un cajón de su dormitorio. Más tarde, más tarde.

Se duchó, se puso una bata larga y se acomodó en el sofá para ver una película en la tele, una comedia que la relajara antes de acostarse.

Michael registró la suite del Aurora, de habitación en habitación, luchando contra el pánico. No estaba allí. Su ropa había desaparecido, el dormitorio y el baño estaban vacíos.

Impulsivamente, había vuelto esa noche, en vez del

día siguiente. Tras hablar con Amy solo deseaba volver a casa. Hizo la bolsa, pidió disculpas a sus clientes, y fue en taxi al aeropuerto. El sueño de la noche anterior lo había inquietado. No solía creer en los sueños, pero ese le tocó demasiado cerca: volvía a casa y ella no estaba, había una nota sobre la mesa diciendo que lo dejaba porque no era el hombre que recordaba y ya no lo amaba.

Y volvía a encontrarse en medio de la pesadilla. No había señales de Amy y era más de medianoche. No debió ir a Los Ángeles y dejarla sola. Tragó una bocanada de aire y buscó desesperadamente una nota.

No había ninguna nota.

Inspiró profundamente y se obligó a calmarse. Era ridículo. Debía controlarse. ¿Por qué iba a abandonarlo?

Porque ya no eres el hombre que eras. Porque a ella ya no le pareces su marido.

Cerró los ojos. Porque ha descubierto que tenías una aventura antes del accidente. No, no lo creía, no podía permitirse creerlo. Todo era una broma de mal gusto. Apartó esa idea.

Había una explicación, no estaba allí porque ya se había mudado a la casa. Así de simple.

Como un poseso, corrió por el bosque hacia la casa, y cuando vio el destello de luz entre los árboles, casi se mareó de alivio.

Entró en la casa sin hacer ruido y la encontró dormida en el sofá, vestida con una bata verde, ante la televisión. Durante unos minutos se quedó allí, mirándola, resistiéndose al impulso de tomarla en brazos y besarla hasta quitarle el sentido.

Estaba muy relajada, y una leve sonrisa curvaba su boca, como si soñara algo agradable. La larga bata, abierta, dejaba ver una de sus bellas piernas, desnuda y dorada por el sol. Estaba tumbada de espaldas, con un brazo sobre la cabeza y la suave curva de su seno se asomaba por encima de la bata. El rojizo dorado de su pelo brillaba como miel a la luz de la lámpara. Detuvo la mirada en su rostro, tenía las mejillas sonrosadas por el sueño. Miró las pecas de su nariz, los labios carnosos, entreabiertos. Parecía suave, vulnerable y joven. Sintió que lo inundaba el amor, la dulzura y la añoranza. Era su esposa, y él el hombre más afortunado del mundo. Aunque todo era un poco complicado, se solucionaría al final. Tenía que creerlo; era lo único que le hacía seguir adelante. Ella era su vínculo con el pasado, el amor de su vida.

Se acuclilló ante el sofá y le acarició la mano. No quería asustarla.

—¿Amy? —susurró. Ella se movió—. Amy, soy yo, Michael. Estoy en casa.

Ella gimió levemente, abrió los ojos y lo miró con ojos desenfocados.

—¿Michael? —musitó.

—Sí, he vuelto.

—Oh —suspiró y sus párpados se cerraron de nuevo—. Me alegro —dijo, aún medio dormida. Él le acarició la cabeza, sintiendo la seda de su cabello bajo los dedos. Se maldijo por no poder levantarla en brazos y llevarla a la cama, a su cama… para estar junto a ella toda la noche, para sentir su calor. No quiso pensar más allá.

El sofá era grande y cómodo; dormiría bien. Se puso en pie y fue a buscar una manta y una almohada. La cama de matrimonio estaba hecha y había ropa de hombre en el armario, suya, supuso. No había ropa de mujer. La encontró en otro dormitorio, pero era poca y eso le extrañó. ¿Quizá no había desempaquetado todo? La cama estaba hecha y los artículos de tocador estaban en el baño contiguo. Había una toalla húmeda en el toallero. Estaba claro que pensaba dormir en su propia habitación. Hizo una mueca pero, al fin y al cabo, él mismo lo había sugerido a su llegada.

Volvió al salón con la manta y la almohada. Amy no se había movido. La tapó y ella volvió a abrir los ojos, sonriéndole adormilada.

—Levanta la cabeza —dijo suavemente—. Te he traído una almohada.

—Vale —obediente, consiguió levantar la cabeza lo suficiente para que él deslizara la almohada debajo.

—¿Michael? —murmuró soñolienta.

—¿Sí?

—Bésame.

La besó con suavidad. Ella dio un gemido y le rodeó el cuello con los brazos.

—Más —murmuró.

Volvió a besarla, más profundamente, y sintió que se le aceleraba el pulso. Semiconsciente, era suave, puro deseo y entrega.

Y él la deseaba. Deseaba muchísimo a esa mujer que no conocía.

Le soltó los brazos con tanta suavidad como pudo y se fue a su habitación, asombrándose de sí. Era un santo. Dio un gruñido de frustración. Era un idiota.

Amy se despertó con el canto de los pájaros y la luz del sol. Estaba en el sofá y comprendió que debió quedarse dormida viendo la película. Pero la televisión estaba apagada y alguien la había tapado y puesto una almohada bajo su cabeza.

Se despertó por completo y se incorporó. Se oía a alguien moverse por la casa y olía a café.

¿Michael?

Había soñado con él, con abrazarlo, besarlo y desearlo. No se acordaba de nada más.

Él entró en la habitación como si lo hubiera llamado, con una bandeja con dos tazas de café en la mano derecha. Llevaba unos pantalones cortos de deporte y tenía el pelo húmedo y rizado. Se le aceleró el pulso. Estaba imponente con el torso desnudo, el cuerpo fuerte y moreno. Ni siquiera la escayola del brazo disminuía su aspecto de macho, sano, vibrante y seguro. Lo había visto así miles de veces, navegando y nadando, pero aún no podía evitar pensar cuánto le gustaba mirarlo.

–Hola, buenos días –dijo él–. Creí que no ibas a despertarte nunca.

–Has vuelto –dijo ella innecesariamente.

–Quizás me estés soñando –sonrió de medio lado.

–No, no lo estoy –ella sacudió la cabeza. Pero recordó que sí había soñado. Soñó que besaba a Michael, que era muy feliz…

Él dejó la bandeja sobre la mesa. Una gota de agua brillaba entre el vello de su pecho, y olía a jabón y a loción para después del afeitado. Aceptó la taza de café que le ofreció, deseando no ser tan consciente de él, deseando que llevara más ropa puesta, siquiera una bata. Pero abrocharse una bata le costaba más esfuerzo que ponerse unos pantalones cortos. Dio un sorbo al café, e intentó no fijarse en su pulso errático.

–Volví anoche. ¿No te acuerdas? –se sentó en el sofá, junto a ella.

–No.

–Me diste una bienvenida muy cariñosa.

–¿En serio? –Amy arrugó la frente.

–Sí. Me besaste. Yo diría que apasionadamente –era imposible no percibir el humor de su voz.

El sueño. Quizá no había soñado que lo besaba, quizá ocurrió de verdad. Amy se frotó las mejillas.

—Creí que lo había soñado –dijo.

—No. Y estuvo muy bien. Soy tu esposo; puedes besarme cuando quieras.

—Creí que volvías esta noche –dijo ella, concentrándose en el café caliente.

—No quería estar lejos más tiempo.

—¿Por qué? –Amy había notado algo raro en su voz, así que levantó la cabeza y lo miró.

—Quería estar contigo. Tuve un sueño sobre ti que me asustó mucho –su rostro se oscureció.

—¿Sobre… qué? –preguntó Amy con aprensión.

—Lo terrible fue que parecía muy real –dijo el–. La mayoría de mis sueños son bobadas, pero este… –arrugó la frente–. Soñé que volvía a casa y te habías ido. Sin más. Y que dejabas una nota diciendo que no era el hombre con el que te habías casado y que ya no me amabas.

Amy sintió como si una mano le oprimiera el corazón. Eso había ocurrido hacía dos años, y el día anterior había pensado en abandonarlo de nuevo; él lo había soñado, lo había percibido en algún nivel intuitivo. Y se había asustado, ese hombre fuerte y competente, que nunca tenía miedo, se había asustado lo suficiente como para volver antes de tiempo.

Pero ella no se había ido. Tragó saliva, con alivio.

—Estoy aquí –dijo con suavidad.

—Sí. Sí, estás –la miró a los ojos y ella sintió una descarga de calor, percibió su deseo. Él le quitó la taza a Amy y la dejó sobre la mesa, junto a la suya.

Durante un instante ella percibió su titubeo, hasta que él se inclinó y la besó. Un beso profundo que hizo que la sangre fluyera en sus venas como un torrente. Michael emitió un gemido ronco y profundo.

—No sé que habría hecho si te hubieras ido –farfulló–. Te necesito, Amy, te necesito mucho.

«Necesito saber lo que siento al hacerle el amor a mi esposa» había dicho aquella noche en la playa. De repente comprendió con toda claridad lo que escondían esas palabras, lo que significaba lo que acababa de decir. Quería y necesitaba mucho más que mero amor físico. Quería conocerla como esposa; recuperarse a sí mismo; recuperar su vida.

Cuando él la besó con pasión y su mano entreabrió la bata y se posó en uno de sus senos, otro pensamiento relampagueó en su mente: «Yo también quiero recuperarte. Oh, Michael, quiero recuperarte».

Respondió a sus besos con una pasión que la asustaba, hasta que él se apartó y la tomó de la mano.

–Amy...

–Hazme el amor –gimió ella–, por favor, por favor.

–Quiero hacerlo, pero... es... –hizo una pausa y gruñó con frustración.

–¿Qué?

–Me siento como un farsante –explicó con angustia–. Soy un impostor que hace de marido. No es justo para ti.

–¿No es justo? –preguntó ella con suavidad.

–Tú quieres hacer el amor con tu marido y yo... no me siento como si fuera tu marido porque no sé... no recuerdo cómo era.

Amy atisbó en sus ojos el terrible y solitario vacío que solía esconder tan bien. Se le contrajo el corazón.

–No eres un farsante, Michael –dijo–. Has perdido la memoria; eso no te convierte en un farsante.

–No puedo darte mi yo real, Amy.

–Quiero lo que eres ahora –dijo ella, consciente de que era la verdad. Quiero lo que eres ahora, porque eres el hombre de quien me enamoré.

–¿Es eso suficiente? –la miró con ojos velados.

–Sí, oh, sí –y de pronto sonrió y apoyó la mejilla

contra la de él–. Porque te quiero, Michael.

Las palabras brotaron de un lugar escondido y profundo; resurgía la Amy de antes, amándolo, deseándolo, segura de que era lo correcto. Él se estremeció convulsivamente y su brazo la rodeó con fuerza.

–Amy –dijo con voz entrecortada–. Oh, Amy…

Y ya no hubo más palabras; solo bocas y manos, caricias y besos turbulentos hasta que, sin respiración, se apartaron un poco y se miraron.

–Quiero verte –dijo él, despojándola de la bata con suavidad–, entera.

Ella se puso en pie y dejó que la bata cayera a sus pies. Desnuda ante él sintió una extraña timidez; en su mente consciente, Michael la veía por primera vez.

Por primera vez. En el baño del hotel, saliendo de la ducha, empapada. Michael con su traje elegante, observándola.

–Todo va bien, se dijo.

Michael se levantó, se quitó los pantalones cortos y se irguió frente a ella, iluminado por el sol de la mañana, masculino y excitado, con el rostro resplandeciente de deseo y amor.

Un nuevo día. Una nueva promesa.

–¿Vas a gritar esta vez? –preguntó él, acariciándole la mejilla. Su tono divertido era prueba de que sabía exactamente lo que Amy pensaba.

–No, no necesito que me rescaten –se acercó a él, ansiando sentirlo junto a sí.

–¿Qué necesitas? –preguntó él con voz grave, recorriendo su barbilla y cuello con los dedos, bajando hasta su seno derecho y acariciándole el pezón con el pulgar. Amy sintió chispazos de deseo en todo el cuerpo.

–A ti –exclamó, le temblaban las piernas–. Solo te necesito a ti –, era verdad, siempre lo había necesitado, a ese hombre que le llenaba el corazón, el alma y el cuerpo.

Vio la expresión de él y sintió que el aire se electrizaba de amor y pasión. Él la atrajo hacia sí. Amy notó su calor, y el roce de sus pezones erectos contra su pecho.

—Oh, Amy —gimió él. El deseo de su voz la atenazó el corazón. Una mezcla de amor, deseo y emociones la envolvió y dejó de resistirse, permitió que la misteriosa energía del momento la colmara.

Se echaron en el sofá temblorosos, abrazados.

—Quiero amarte mucho —murmuró en su oído—. Quiero hacerte feliz. Hacerte sentir que soy…

—Shh —chistó ella—. Lo harás Michael. Ya lo haces. Es maravilloso abrazarte así —su cuerpo vibraba—. Yo también quiero hacerte feliz —añadió. Buscó su boca y lo besó profundamente, acariciando su cuerpo, descubriendo, maravillándose, haciendo lo que siempre le había gustado: darle placer con su boca, manos y cuerpo.

Él respondió con amor, dando nueva vida a cada poro de su piel. En ese lugar mágico, sin pensamiento ni tiempo, no era un desconocido. Hacía que su cuerpo se sintiera vibrante, completo.

Se llevaron uno al otro al límite, y una pasión primaria y salvaje tomó las riendas. Lo sintió dentro de ella, una sensación tan plena y profunda que gritó suavemente. Un placer agonizante… eterno.

No hubo ninguna reserva, ni control, ni límites, solo entrega total y un glorioso salto al vacío, a un espacio límpido y feliz.

Saciados, se abrazaron con fuerza. Amy deseaba que el momento durara, preservar el júbilo de su plenitud como si fuera un don precioso.

—¿Amy? —fue un murmullo bajo y suave. Ella se

preguntó cuánto tiempo llevaban allí, tumbados bajo el sol de la mañana.

Abrió los ojos y le sonrió. Los pájaros piaban en los árboles del jardín, un sonido agradable, alegre. ¿Qué hora sería? No tenía ni idea.

–Te quiero –dijo, con voz rebosante de ternura–. ¿Te importa que te diga eso?

Porque solo te conozco desde hace unos días, le oyó pensar tan claramente como si lo hubiera dicho. Las lágrimas inundaron sus ojos y negó.

–No. No, claro que no –balbució, besándolo suavemente. ¿Acaso pensaba que no creía? Lo creía, necesitaba creerlo.

–No llores –pidió él–. Me preocupa que llores.

–Soy muy feliz –explicó, con una sonrisa.

–¿Y por eso lloras? ¿Debería entender eso?

–No. Son cosas de mujeres. Ni lo intentes.

–De acuerdo –rio suavemente–. Siempre y cuando seas feliz.

–Soy feliz –volvió a besarlo–. Feliz, feliz, feliz.

–¿Seguirás feliz si te digo que el café está frío?

–Eso puedo arreglarlo –rio y se bajó de su regazo.

Preparó café y unos huevos a la ranchera para desayunar. Cuando él se marchó a trabajar, puso un CD de valses de Strauss y bailó descalza por toda la casa, haciendo piruetas, ligera como una pluma. Finalmente se dejó caer en una silla, sonriente y sin aire. Era una tonta. Por suerte, nadie podía verla; no había vecinos espiando por las ventanas, ni criadas chismosas.

Pasó el resto del día haciendo tareas ordinarias y mundanas, pero el tiempo voló como si viviera un sueño, como si nada existiera excepto Michael y la forma en que la había amado y lo que la hizo sentir. «Te quiero», había dicho. Esas palabras eran un tesoro.

Tras una deliciosa cena casera, miraron los álbumes de fotos, estudiando las imágenes que componían su vida en común: la boda, la casa de la isla, sus amigos, las playas y bosques. Se rieron de una foto de Amy empujando a Michael al agua. Y encontraron una en la que Amy abrazaba a una cabritilla recién nacida.

–Ésta la sacamos en la granja de cabras de Sasha. ¿Recuerdas que te hablé de ella? Empezó un negocio de cría de cabras lecheras, y de queso de cabra. Lo vende por todo el Caribe, a hoteles y restaurantes.

Más fotos, más historias. Rieron y se tomaron el pelo el uno al otro; acariciándose y besándose hasta electrizar el aire que los rodeaba.

Hicieron el amor de nuevo esa noche, y el día siguiente, y todos los días de la semana, como si nunca pudieran saciar su sed del uno por el otro. Dormían juntos en la cama de matrimonio, y a ella no le importaba que se moviera durante la noche. Lo tranquilizaba medio dormida, con amor.

Dieron largos paseos por las montañas. Fueron a fiestas y salieron a cenar. Amy nunca había sido tan feliz.

Era como estar hipnotizada por el embrujo de un bello cuento de hadas. Quería que durase. Ansiaba su amor, su cariño, su risa. Quería recuperar el pasado.

Bloqueó todo lo que ocurrido desde el trágico día que cambió su vida. Cuando la razón y el miedo invadían su mente, otra voz, otra parte de ella respondía.

«Cree que te ama. Déjalo estar. Permite que te ame como antes. Simula que es real. Olvida lo ocurrido y ámalo. ¿Qué hay de malo en compartir felicidad?»

«Que no es verdad», advertía la voz de la razón, «Que no puede durar. Un día descubrirá tu engaño».

Deseaba acallar esa vocecita racional y desagradable, no quería oírla. Quería que Michael la amara.

Necesitaba que la amara.

Incluso aunque no durase.

Michael estaba en la oficina, y en su correo electrónico encontró un mensaje de un tal Matt, un nombre que conocía por las historias de Amy. «Acabamos de volver de vacaciones y nos hemos enterado de tu accidente», leyó. Consciente de la amnesia de Michael, el hombre se presentaba como un amigo, el médico que dirigía el hospital, casado con Sasha, la mujer que se dedicaba al queso de cabra.

Había recibido noticias de más gente de la isla durante las últimas semanas; obviamente amigos, pero desconocidos para él.

Michael volvió a leer el mensaje, y sintió una inquietud que no pudo identificar. Era una carta clara y directa, con noticias sobre la isla que podrían interesarle, ofreciéndole información médica y animándolo. Pero algo en el mensaje lo molestaba.

Sacudió la cabeza con impaciencia. Se estaba volviendo paranoico. ¿Cómo podía sospechar de algo que ni siquiera recordaba? Había perdido la memoria; lo último que necesitaba era perder la cabeza.

Capítulo 6

EL DÍA previsto le quitaron la escayola a Michael. Lo celebraron con champán. Michael la rodeó con ambos brazos y apretó con fuerza.

–Estaba deseando hacer esto. Abrazarte como es debido –le sonrió a los ojos–. Te quiero, Amy.

–Me alegro –repuso ella, acalorada y con un nudo en la garganta.

–Es de verdad –dijo él con voz suave–. No necesito recuperar la memoria para saberlo.

Un latigazo de miedo.

Amy lo desechó. Vive el momento.

–Yo también te quiero –replicó.

–¿Qué tipo de celebración es? –preguntó Michael la noche siguiente, cuando se vestían para ir a una fiesta–. No he visto la invitación. ¿Tengo que llevar chaqueta y corbata o puedo ir así?

Llevaba vaqueros y un polo, y la miró esperanzado.

–No es una fiesta de playa, Michael. Tendrás que ponerte algo mejor que vaqueros –aunque no estaba nada mal en vaqueros. Siempre estaba bien.

«Toda chica con sangre en la venas opina que está de muerte», le había dicho una mujer en el gimnasio, días atrás. Alabó a Michael y le dijo a Amy que quería uno «igualito que él», como si fuera una mercancía que se pudiera encontrar en una tienda.

—Quiero que la gente me aprecie por lo que soy —protestó él, teatral—. No por la ropa que llevo.

—Un sentimiento admirable —bromeó ella.

—Estoy pensando en dejarme el pelo largo y hacerme coleta —siguió el—. Pasar por la peluquería cada pocas semanas es una pérdida de tiempo.

Estaba pinchándola. Ella se rio y se puso un vestido de fiesta verde azulado.

—Estarías muy sexy con coleta, sobre todo con traje. Pero ¿qué harías con el tiempo que te ahorrarías?

—Lo utilizaría en aventuras sexuales —hizo una mueca diabólica.

Michael no era mujeriego, nunca le había dado motivo de preocupación o celos mientras estuvieron juntos. Le tomó el pelo con la masajista y la secretaría que le ayudaron a vestirse hasta que ella llegó, pero ambas resultaron ser dos simpáticas abuelas, que no tenían intenciones con respecto a él.

—¿Qué tipo de aventuras sexuales? —preguntó ella, poniéndose los pendientes.

—Seducirte —la rodeó con los brazos y le mordisqueó el lóbulo de la oreja.

—Oh, bravo —rio ella, escapando para buscar los zapatos.

Según Melissa, Michael no había mirado a otra mujer desde que ella lo abandonó. Pero Melissa no había estado con él cada minuto. ¿Habría habido otras mujeres? Amy se lo preguntaba. Lo cierto es que antes del accidente, Michael se consideraba soltero.

La confirmación de esto llegó en la fiesta, en forma de mujer despampanante. Alta como una modelo, tenía el pelo negro y largo, ojos sensuales y llevaba un vestido impresionante. A Amy le cayó mal.

–¡Michael! –llamó la mujer con sorpresa. Se acercó con una sonrisa seductora, una mano extendida y una copa en la otra. Agarró la mano libre de Michael y lo miró con preocupación exagerada.

–Michael –ronroneó–, acabo de volver de Europa y me han dicho lo de tu accidente. Lo siento tanto, yo… –lo miró impotente–. No sabes quién soy ¿verdad?

–Me temo que no –admitió Michael con sobriedad.

A Amy se le contrajo el estómago. Ese tipo de escenas estaban a la orden del día, pero esa mujer hacía que se le dispararan las antenas instintivamente.

–Soy Julia Morrison –dijo la mujer–. Nos conocemos de…

–…la campaña publicitaria –concluyó Michael–. Sí, leí tu nombre en los archivos –sonrió con educación y le estrechó la mano–. Te presento a mi esposa –continuó–. Julia, esta es Amy. Amy, Julia Morrison.

La expresión de sorpresa de la mujer fue inconfundible. Después algo distinto, nada agradable, cruzó su rostro, y Amy supo que no le alegraba la inesperada existencia de una esposa en la vida de Michael.

No le gustaba esa mujer. No le gustaba nada de ella: ni el rostro, ni el espectacular cabello, ni el escotado vestido. Ni siquiera sus malditos zapatos de diseño.

¿Quién era? Michael no lo sabía, pero eso no significaba que no hubiera tenido una tórrida aventura amorosa con ella antes del accidente. Una aventura rápida y apasionada, se recordó; solo llevaba una semana en Oregón cuando se estrelló.

Sin saber muy bien cómo, Amy reaccionó. Miró a Julia directamente a los ojos, adoptó una expresión brillante y confiada y le ofreció la mano.

–Encantada de conocerte Julia –la asombró la amabilidad de su voz.

Era obvio que Julia no sentía igual, porque le estrechó la mano en silencio. Luego se volvió hacia Michael y lo miró con ojos muy abiertos e inocentes.

–No me dijiste que estabas casado –dijo con voz grave. A Amy le quedó claro que el comentario era una flecha venenosa dirigida hacia ella.

–¿En serio? –Michael arqueó las cejas–. La verdad es que no lo recuerdo –dijo con voz fría.

Afortunadamente, un camarero llegó con una bandeja de canapés e interrumpió la conversación. Antes de que se fuera, dos personas más se unieron al grupo y Julia se marchó en busca de otra presa.

Por desgracia, Amy volvió a verla. Se encontraron frente a frente en el tocador, media hora después. Cada célula del cuerpo de Amy se irguió en son de batalla. Esa mujer no iba a afectarla. Controlaría la situación aunque eso la matara.

–Deberías vigilar a ese marido tuyo –dijo Julia con voz desagradable, retocándose el pelo.

–¿En serio? –dijo Amy, fresca como una lechuga.

–En serio –replicó Julia con voz condescendiente, y mirándola con altanería. Amy ignoró el retintín de su voz, y se pintó los labios.

–Así que tú también ¿eh? –comentó tranquilamente. Examinó sus labios en el espejo.

–Yo también ¿qué? –exigió Julia, entrecerrando los ojos. Amy se encogió de hombros.

–Has tenido una aventura con mi marido mientras yo estaba de viaje –declaró, como si Julia fuera una más del batallón de mujeres que Michael seducía. Guardó la barra de labios en el bolso y miró a Julia con lástima–. No me digas que picaste –su tono implicaba una pobre inocente.

Los ojos de Julia se abrieron con sorpresa, pero en seguida recuperó el control de sí misma.

–Diablos, no –escupió–. ¡No soy tan estúpida! Comimos juntos una vez y lo calé de inmediato.

—Bueno, me alegro por ti —Amy se volvió y salió.

Una vez fuera del tocador, empezaron a temblarle las piernas. Santo cielo, ¿qué bicho le había picado? No podía creer que había dicho eso, que había hecho esas insinuaciones. Se apoyó contra la pared para afirmar las piernas.

Entonces, al calmarse, vio el lado cómico de la situación y la risa burbujeó en su garganta.

Michael, que buscaba a Amy, la vio salir del tocador y apoyarse en la pared. Durante un instante pensó que no se encontraba bien, luego comprendió su error.

Estaba riéndose. Dejó la copa vacía sobre una mesa y se acercó a ella.

—¿Qué es lo que te parece divertido? —preguntó.

—Julia —dijo ella, señalando el tocador con la mano—. Fue desagradable conmigo porque soy tu esposa. Está loca por ti, me temo.

A él no le hizo gracia la noticia. No le gustaba Julia, y le frustraba su falta de memoria, el no saber lo que le había o no le había dicho a esa mujer. ¿Por qué tenía ella la impresión de que no estaba casado?

—Bueno, mala suerte —dijo afable—, no es mi tipo.

—¿Y si lo fuera? —Amy lo miró con furia.

Michael vio su rostro y supo que no lo decía en serio, supo que su esposa confiaba plenamente en él y no estaba preocupada en absoluto. Pensó en Jennifer Casey y sintió una punzada de culpabilidad. Apartó el pensamiento de su mente. No podía enfrentarse a lo que no recordaba. Solo podía enfrentarse al presente y a lo que conocía.

Consiguió esbozar una sonrisa, le pasó un brazo por

los hombros y la atrajo hacia sí.

—Solo hay una mujer que sea mi tipo, y eres tú.

En la casa no tenía suficiente quehacer para llenar sus días, así que iba de compras. Solía ir sola, pero un día fue con Kristin, a quien conoció en el gimnasio y quien, tras tres bebés, aún tenía el vientre plano.

—¿Qué buscas? —se interesó Kristin mientras miraban los percheros de una pequeña y elegante boutique.

—Necesito cosas para fiestas y cenas. Algo… bonito, elegante.

—Bonito, elegante —repitió Kristin, poco impresionada—. ¿Qué me dices de algo femenino y sexy?

—Eso también —dijo Amy. ¿Por qué no?

—El rojo es sexy —Kristin le mostró una nube de seda escarlata —, pero no sé si va bien con tu tez.

—Nada de rojo —replicó Amy—. Y nada recargado. No me van los volantes y los lazos.

—Mmm —Kristin ladeó la cabeza y examinó a Amy—. Creo que lo que quieres es algo elegante o sofisticado, o quizá… algo extremadamente sexy.

—Todo lo que has dicho —admitió Amy, temeraria.

Una hora después se había probado quince vestidos, encontrado dos que le gustaban y se probaba otro más, rindiéndose a la insistencia de Kristin. Era mínimo, y Amy no lo habría mirado dos veces, porque era todo negro y demasiado revelador.

—El negro me apaga —protestó.

—No hay suficiente tela para eso. Píntate los labios. Pruébatelo. No es igual verlo en una percha.

—De acuerdo, de acuerdo.

Se lo puso, se miró en el espejo del probador, y se quedó un segundo sin aliento. El vestido era aparentemente sencillo y muy sexy. Era corto y sin mangas, y la seda negra acariciaba su cuerpo en todos los sitios adecuados. Unos finos tirantes sujetaban un corpiño de encaje, con cuello en V, que parecía apropiado para el dormitorio. Una fila de pequeños botones recorría el frente, pidiendo que los desabrocharan. Un vestido para seducir.

Hizo una pirueta ante el espejo. Hacía mucho que no se ponía nada así; hacía mucho que no le apetecía, ponerse un vestido como ese. Se sentía femenina, viva, sexy y deseable.

Le había ocurrido algo mágico a su cuerpo, sentimientos y alma. Lo percibía en sí misma, veía su rostro radiante, notaba el cosquilleo de la energía vital en su sangre.

Amor. Eso era.

–¿Amy? –llegó la voz de Kristin–. Déjame ver. ¿Cómo te queda?

–Me vale –dijo Amy, saliendo del probador.

–Oh, sí, te vale –Kristin la miró asombrada–. Es fantástico. ¡Es perfecto!

–No te parece un poco… ¿atrevido?

–No si eres una mujer de verdad –Kristin sonrió y agitó las pestañas.

Amy lo compró.

Media hora después, en casa, se probó el vestido de nuevo ante el espejo del dormitorio. Solo pudo llegar a una conclusión: nunca se atrevería a ponérselo en público. Aunque tapaba todo lo que había que tapar, era demasiado sugerente. Nunca se había considerado mojigata, pero todo tenía un límite.

Ese vestido se pasaba de la raya, y era idiota por malgastar tanto dinero. ¿Por qué lo había comprado?

Porque lo quería, por eso. Le hacía sentirse absoluta y deliciosamente sexy. Y había una persona a la que no le importaría enseñárselo. Levantó el teléfono y llamó a Michael.

—¿Qué haces? —preguntó— ¿Algo interesante?

—Leer una propuesta de negocios muy larga —replicó él secamente.

—Suena muy aburrido.

—Por desgracia lo es.

—Bueno, quizá mejore —dijo, conciliadora.

—Lo dudo. Pero sobreviviré.

Ella sonrió. Él no sabía lo que ella tramaba. Tras unas frases reconfortantes, de amante esposa, se despidió.

Se puso una sobria chaqueta sobre el vestido, para esconder alguna de sus cualidades más insinuantes y se encaminó a la oficina.

—Tengo que hablar con mi marido —le dijo a la secretaria—. Ha ocurrido algo inesperado y tenemos... cosas que comentar. ¿Le importa retener sus llamadas? —le resultó difícil mantener la seriedad. Pero la señora Applegate, con pelo azul incluido, era una profesional y levantó el auricular.

—Señor DeLaurence, su esposa esta aquí. Me ha pedido que retenga sus llamadas. Quizá, con su permiso, podría salir a comer ahora.

Amy tiró la chaqueta en una silla, entró en el despacho de Michael, cerró la puerta y se apoyó en ella. Estaba sentado tras el escritorio, al mando, con su traje oscuro, camisa blanca y corbata. Muy... respetable. Había que hacer algo al respecto.

—Hola —dijo, resplandeciente. Tenía la mano tras la espalda, en el pomo. Le dio la vuelta a la llave.

Él la estudió con sorpresa, interrogante. Hasta entonces no había ido a la oficina sin que hubieran quedado. Y desde luego, nunca había cerrado con llave.

—Hola —replicó, paseando la mirada por el vestido—. ¿A qué debo el placer de tu visita?

–Sonabas como si te hiciera falta levantar el ánimo –dijo. Avanzó y se sentó al borde del escritorio y cruzó las piernas como una auténtica mujer fatal.

–Una idea excelente –él se recostó en la silla y la miró divertido.

–Claro que –dijo ella, entornando las pestañas y balanceando la pierna–, no quiero molestarte–. ¡Oh, el encanto de la seducción! Él soltó una risita.

–Has venido expresamente con el propósito de molestarme –afirmó él.

–¿Y funciona? –levantó la cabeza y lo miró entre las pestañas.

–Mmm… ya veremos. ¿Es nuevo ese vestido?

–Sí –jugueteó con el botón superior del corpiño–. Lo compré esta mañana y quería enseñártelo. ¿Te gusta? Desabrochó el botón, mirándolo con inocencia.

–Yo diría que es… bastante peligroso –sus ojos destellaron. Ella se bajó del escritorio y con un seductor movimiento de caderas, lo rodeó y se sentó en el regazo de Michael.

–¿Peligroso? –inquirió, pasando un dedo a lo largo de su corbata.

–Sí –le puso una mano sobre el muslo desnudo, que la corta falda dejaba a la vista–. Podría corromper el alma de un hombre virtuoso.

–¿Quieres que me vaya?

–No –replicó él, deslizando la mano hacia arriba–. Me gusta que mi esposa me corrompa.

–Esto no parece nada cómodo –dijo ella, aflojándole la corbata–, si quieres que te levanten el ánimo.

–O cualquier otra cosa –murmuró él.

Ella se tragó una carcajada. Acabó con la corbata y le desabrochó el primer botón de la camisa. Se sentía deliciosamente atrevida, seduciendo al gran jefe en su despacho.

Percibió el destello apagado de una cadena de plata, antigua. Sintió una horrible contracción en el estómago. Con dedos temblorosos desabrochó otro botón, y otro más, sin poder respirar. Su cuerpo se quedó paralizado. Allí estaba, entre el suave vello oscuro de su pecho.

El barco de vela de plata.

Amy sintió que la realidad rompía la protectora burbuja de su ilusión, poniendo punto final al encantador cuento de hadas de las últimas semanas.

Siempre supo que no podía durar, había rezado porque lo hiciera. Pero era imposible reprimir la verdad de su vida con Michael eternamente. Aparecerían recordatorios, escondidos en las esquinas, en todos sitios. Como el disco plateado que miraba ahora.

El dolor la cortó como un vidrio roto. «No», pensó «Por favor, no. Ahora no». Lágrimas calientes y dolorosas nublaron sus ojos.

—Amy ¿qué ocurre? —tomó su barbilla e hizo que lo mirara—. Estás llorando —dijo incrédulo.

Ella movió la cabeza, negando, la emoción le atenazaba la garganta. No podía hablar.

Instintivamente, él se llevó la mano al pecho y se puso el disco en la palma de la mano.

—¿Es esto? ¿No debería habérmelo puesto?

—Perdona —musitó ella—. No esperaba verlo.

—Lo encontré en un bolsillo de mi maletín esta mañana. No lo había visto antes. Es precioso.

Lo era. Bello y único, diseñado especialmente por un artista de St. Barlow. Un velero grabado en la parte delantera del disco. Detrás había una fecha.

—Iba a preguntarte por él esta noche —dijo, dejando caer el disco sobre el pecho.

—Te lo regalé yo —no me preguntes por qué, suplicó en silencio, luchando contra las lágrimas. ¿No acabaría nunca el dolor?

–Lo siento –dijo él– No lo sabía, yo no…–la rodeó con sus brazos y la apretó contra sí.

Ella necesitaba alguna diversión, algo inocente que decir antes de que le hiciera las preguntas que no quería responder. Aún no

–Navegábamos mucho en la isla –dijo temblorosa. Era verdad. Intentó levantarse de sus rodillas, ansiando distancia, queriendo escapar, esconderse en un rincón oscuro y llorar. Él la sujetó.

–No te vayas –pidió él–. Háblame, Amy.

–Tengo que irme, por favor –escondió el rostro.

–Amy, no me ocultes cosas. Dímelo, por favor.

–No puedo. Por favor… por favor, déjame ir.

Se bajó de su regazo y, nerviosa, buscó un zapato que había resbalado de su pie. Lo encontró bajo el escritorio y se lo puso.

–Amy, estás disgustada –se levantó y la tomó de la mano–. Por favor, no te vayas. Dime qué va mal.

–Solo es una reacción emocional –masculló ella–. Estaré bien. En serio.

–Te quiero, Amy –dijo él, mirándola preocupado.

–Lo sé –con los ojos nublados por nuevas lágrimas, ella salió del despacho.

Michael miró la carpeta abierta, pensando en Amy.

Le escondía algo.

Desde que salió corriendo del despacho, dos días atrás, había intentado comportarse como si no hubiera ocurrido nada. Él le había dado oportunidades de hablar sobre el velero, pero ella no quería hacerlo.

Por la noche, en la cama, se abrazaba a él, y notaba algo frenético y desesperado en cómo le hacía el amor; como si temiera algo.

Tenía miedo de algo. Había visto miedo en su rostro

en varias ocasiones esos dos últimos días.

Sacó el disco de plata del cajón y volvió a examinarlo, forzándose a recordar. Le dio la vuelta y miró la fecha que había grabada. No significaba nada para él; no era su cumpleaños, ni su aniversario de boda.

Con los codos sobre la mesa, apretó las manos contra el rostro y esperó una imagen, un pensamiento, algo que penetrara en su consciencia.

No había nada.

–Maldición, maldición –masculló entre dientes, echando el disco al cajón y cerrándolo de golpe.

Apartó la silla, se levantó y paseó inquieto por la habitación. Quería volver a sentirse como un ser humano normal. Quería recuperar su memoria, su vida.

Estaba allí escondida, en algún lugar de su cerebro, bajo llave. ¿Por qué no podía recordar el significado de un velero? ¿Por qué no quería decírselo Amy?

Miró el teléfono, titubeó, cruzó la habitación y se sentó. Alcanzó el auricular, marcó y esperó.

–¿Russ? Soy Michael –era raro hablar con ese hombre que supuestamente era su mejor amigo, y no sentirlo. Habían hablado varias veces, pero las conversaciones eran incómodas, caracterizadas por una alegría y camaradería forzadas y poco naturales.

–¡Michael! Me alegra oírte. ¿Cómo estás?

–Bien. Lo de la amnesia sigue igual, pero aún es pronto –mejor quitarse eso de encima, o Russ le preguntaría–. ¿Cómo está Melissa?

–Harta y aburrida de pasar el día en la cama. Algo inquieta, como te puedes imaginar, pero los médicos dicen que todo va bien, y el bebé crece. ¿Y Amy?

–Está… bien –Michael se frotó la barbilla, dudando–. Quería preguntarte algo –comenzó–. ¿Recuerdas un disco de plata antiguo que solía tener? Tiene grabado un velero.

–Claro que sí. Amy se lo encargó a un artista de St. Barlow hace unos años. Muy bonito.

–Tiene una fecha por detrás –Michael se la leyó a Russ–. ¿Tienes idea de lo que significa?

–No, ni idea. ¿Por qué no le preguntas a Amy?

Michael luchó con la tentación de decirle a Russ la verdad: que Amy no quería hablar del tema, que le escondía algo.

–Lo haré –dijo. Pero sabía que no lo haría.

Amy se estremeció al cerrar las puertas correderas que comunicaban la sala con el porche. De repente el día se había vuelto oscuro y tormentoso, y el viento frío y húmedo entró en la habitación, moviendo las cortinas y los papeles que había sobre la mesa.

No se sentía bien desde hacía dos días. No era físico, al menos no en origen. No sabía cuánto tiempo podía seguir soportando ese peso en el pecho, esa sensación de aprensión.

«Estoy aquí para ayudar a Michael», se dijo. «Me comprometí a hacerlo y debo llegar hasta el final».

La mañana soleada se había convertido en una tarde amenazadora y oscura. Miró el cielo, cubierto de nubes plomizas y tuvo sensación de fatalidad. Se estremeció de nuevo.

Se puso una sudadera, se acurrucó en el sofá e intentó, inútilmente, leer un libro para olvidar sus problemas, pero no podía concentrarse. Impaciente, se puso en pie. Era demasiado pronto para empezar a hacer la cena, así que bien podía vaciar las dos últimas cajas de libros. Habían vaciado las demás lo dos juntos, una tarde. A pesar de su tristeza, una sonrisa se insinuó en sus labios. Habían encontrado material muy interesante que leerse el uno al otro.

Abrió las cajas con un cuchillo de cocina y comenzó a organizar los libros en la estantería. Reconoció algunos de los textos empresariales de Michael, algunas novelas entretenidas, que recordaba haber leído, y varias guías de viaje.

De pronto se encontró mirando un libro que se había negado a leer, que había tirado en una esquina, llorando con furia. Un libro que le había enviado un amigo bienintencionado.

Los relámpagos cortaron el cielo, iluminando la habitación con una luz dura.

Sentada en el suelo, paralizada, Amy miró el título.

LLORAR LA MUERTE, decía en letras grandes, y abajo, en letra pequeña: *Cuando se pierde un hijo*.

Capítulo 7

NADA en el mundo calmaría nunca su dolor, y algún idiota le había enviado un libro, ¡un libro! Lívida, había tirado el ofensivo objeto a un rincón, demasiado enojada para abrirlo. ¿Qué iba a aprender de un libro? ¿Cómo podían ayudar meras palabras sobre papel? Su angustia era tan profunda que nada la tocaría nunca.

Amy se sentó en el suelo, con el libro en la mano, y el sentimiento la inundó de nuevo, con todo su poder crudo y devastador. La lluvia caía a cántaros, oscureciendo el mundo, por fuera y por dentro.

Tenía menos de cuatro meses, un bebé feliz y sano, una niña que adoraban, y veían crecer con asombro y júbilo. Los encantadores gorgojeos, las sonrisas, las manos diminutas, dedos, orejas, pelo.

–Es un milagro –dijo Michael una vez, mirándola con amor y asombro–. Nunca pensé, no pensé…

Y sucedió lo inimaginable.

Sin previo aviso, sin razón.

Había muerto durante el sueño, no se despertó por la mañana. La ciencia médica tenía un nombre para eso, pero no una explicación.

Amy se quedó allí, inmóvil, con el libro sobre el regazo, sintiendo el dolor rasgándola de nuevo, las silenciosas lágrimas deslizarse por su rostro.

Se descubrió hojeando el libro, y vio que la esquina de una página tenía una doblez y había marcas de lápiz. Alguien lo había leído.

Michael.

Ella lo acusó de no sentirlo, de no sufrir como ella sufría por la pérdida de su hija. Él había seguido viviendo como siempre: iba a trabajar por la mañana, pasaba el día dirigiendo, organizando, recibiendo a gente y tomando decisiones. Volvía a casa por la tarde, cenaba, leía el periódico y no mencionaba al bebé, como si nunca hubiera existido.

Pero había leído el libro que ella se negó a leer.

Sus ojos se posaron en las palabras y frases, atraídos por una fuerza invisible ¿Qué había encontrado él en esas páginas?

Estiró la mano y encendió una lámpara. Sentada en el suelo, con la espalda contra el sofá, comenzó a leer, deslizando la mirada inquieta sobre las frases, párrafos y páginas.

Leyó, olvidándose del tiempo y de dónde estaba. En muchas páginas se reconoció a sí misma, reconoció sus emociones y reacciones en las historias de otros; reconoció al hombre en que se convirtió Michael: recluido en su oficina, inmerso en su trabajo, escondiendo su dolor. Después de todo, era un hombre, y se suponía que un hombre debía ser fuerte.

Y así Amy aprendió que los hombres no suelen llorar a los muertos como las mujeres, que en épocas de crisis es frecuente que maridos y esposas no se entiendan entre ellos. En vez de unirlos, el dolor los separa.

Siguió leyendo y comprendió que la trágica ruptura de su matrimonio nunca debió ocurrir, que podría haberse evitado.

Si solo, si solo...

* * * * * *

Un rato después notó que había dejado de llover y que el sol brillaba sobre un mundo húmedo, resplandeciente de gotas de agua.

Oyó un coche, una puerta cerrarse y el timbre de la entrada. Oh, no, no quería ver a nadie. Miró por la ventana y, por el pelo oscuro y rizado, supo que era Kristin. Aunque le caía bien, ese no era el momento de charlar y tomar una taza de café. No podía hacerlo. Pero no tenía más remedio que abrir la puerta.

–¡Hola! –Kristin estaba ante ella, con vaqueros y una camiseta húmeda, oliendo a mar y pescado. Le dio una bolsa a Amy–. Se me ocurrió que podrían apetecerte. Tenemos de sobra. Están limpios.

La bolsa tenía pescado.

–Oh, gracias –consiguió decir Amy, tragándose la risita histérica que atenazaba su garganta, y ejerciendo sus buenos modales–. Entra.

–No, no, tengo prisa. Además, mis padres y los niños esperan en el coche –frunció el ceño y estudió el rostro de Amy–. ¿Estás bien?

–Perfectamente –mintió ella, aunque era obvio que no lo estaba. Kristin dudó, evaluándola. Alguien tocó la bocina del coche.

–¡Estos niños! Uno intenta enseñarles modales… –hizo una mueca de supuesta desesperación–. Tengo que volar para prepararme para la fiesta de esta noche –se apartó del umbral– Vais a venir ¿verdad?

Esa noche. Amy intentó aclararse. La fiesta. Claro. No había pensado en ella en todo el día.

–Sí, sí, allí estaremos –asintió–. Muchas gracias por el pescado.

–De nada –Kristin corrió hacia el coche.

Amy vació la bolsa en el fregadero de la cocina. Dos salmones. Los ojos sin vida la miraban. ¿Qué hacer? No podía pensar. No podía ocuparse de pescados y fiestas. Solo podía pensar en Michael y en cómo lo había malinterpretado, juzgado y, al final, odiado.

Se quedó de pie mirando los peces muertos en el fregadero, con lágrimas surcando sus mejillas.

—Empezaba a desesperar —le dijo el hombre a Michael— de conocer a esta misteriosa esposa tuya. Darin Kramer era un atractivo cuarentón, con una sonrisa aduladora que desagradó a Amy de inmediato. Era un hombre de negocios que había conocido a Michael antes del accidente.

—Es un placer conocerte, Amy —dijo el hombre, sin disimular la curiosidad de su expresión. Ella le dio la mano y sonrió con educación, aguantándose las ganas de ir corriendo a lavarse las manos—. Eras un secreto muy bien guardado —comentó.

—Imagínate —dijo Michael secamente—. Olvidar que tenía una esposa —la rodeó con el brazo, con gesto posesivo—. Menos mal que ella no se olvidó de mí.

Su capacidad de reírse del problema no dejaba de asombrarla. Se le hinchó el corazón de amor. Era un hombre fuerte, y ni siquiera esa situación tan preocupante iba a poder con él, lo sabía. Esperaba y aguantaba, no se rendía al desaliento; y no dejaría que nadie notara su inquietud y frustración.

Igual que nadie vio signos externos de su dolor cuando murió el bebé. Ni siquiera entonces vio llorar a Michael, ni una vez. «Los hombres no lloran en público», decía el libro. «No quieren parecer débiles ante los demás». Los hombres lloraban a solas, en el garaje, en el coche, en sitios donde nadie los viera.

El brazo de Michael la estrechó y notó el cariño de sus ojos al mirarla.

–¿Vamos a por algo de comer? –sugirió él, señalando la mesa del buffet. Ella asintió y Michael la condujo de la mano al otro lado de la habitación.

¿Había llorado Michael alguna vez a solas? Le dolía el corazón de pensarlo. Ella había llorado a solas, en público, delante de sus amigos y de Michael. No le importaba lo que pensaran; había perdido a su bebé. ¿Qué otra cosa podía importar? Necesitaba cariño y alguien que la escuchara.

Michael lo había intentado, pero no le gustaba llegar a casa y encontrársela llorando. No le gustaba hablar del bebé. Cuando más lo necesitaba, no estuvo allí para ayudarla. No porque no le importara. No porque no la quisiera.

Fue porque no sabía cómo ayudarla cuando él mismo estaba devastado por el dolor. Michael, que podía hacer cualquier cosa; Michael, que encontraba soluciones a todos los problemas, estaba sufriendo hasta el límite de su capacidad, y era incapaz de confortarla.

–¡Amy! ¡Michael! –Kristin, sonriente, con un plato lleno en la mano, estaba ante ellos. La metamorfosis era asombrosa; llevaba un ajustado vestido blanco, que la hacía parecer elegante y sofisticada. Era difícil imaginar que esa misma persona, mojada y oliendo a pescado, estuvo en su puerta pocas horas antes.

–La comida es fabulosa –dijo Kristin– Estaremos afuera, en la terraza. ¿Por qué no venís con nosotros? Contoneando las caderas, se dirigió hacia la puerta.

Amy miró la mesa, con la comida artísticamente colocada. Todo delicioso, estaba segura, pero no tenía apetito. Se sentía extraña, desconectada, como si parte de ella no estuviera presente; como en trance.

–¿Eso es todo lo que quieres? –preguntó Michael,

mirando la modesta selección de comida de su plato.

–Volveré a por más si me apetece –se evadió ella.

Fuera, en la terraza, se sentaron a la mesa de Kristin y su marido. Amy miró su plato y pinchó un champiñón con el tenedor. Oía la conversación a su alrededor, pero su mente estaba lejos.

–¿Has acabado? –susurró Kristin un rato después, tocándole el brazo–. Quiero hablar contigo –Amy se levantó y la siguió a un rincón tranquilo.

–Siento haber tenido tanta prisa antes –se disculpó Kristin, intranquila–. Sé que estabas… desconsolada, sé que no es cosa mía y no intento sonsacarte, excepto que… –inhaló sonoramente y arrugó la frente, obviamente intentando encontrar las palabras adecuadas–. Excepto que no hago más que pensar que eres nueva aquí, y que con todo lo de Michael tienes mucho estrés y… –se encogió de hombros–. Vaya, lo que intento decir, Amy, es que si necesitas alguien con quien hablar, cuenta conmigo.

–Gracias –dijo Amy con un nudo en la garganta–. Lo aprecio mucho.

–Lo digo de verdad –Kristin la miró a los ojos–. Ya sabes como somos las mujeres; necesitamos hablar, llorar y expresar nuestras emociones y a alguien que nos escuche y nos consuele. Llámame cuando quieras ¿vale?

–Gracias. Eres… muy amable.

–Eso díselo a mis hijos –Kristin sonrió abiertamente–. Piensan que soy la Bruja Malvada del Oeste porque no les doy pizza para cenar tres días seguidos.

–Eres muy mala –Amy consiguió sonreír–. Sufrirán las consecuencias psicológicas el resto de su vida.

–Y cuando se hagan mayores me demandarán, ya lo sé, no puedo dormir por las noches –Kristin le agarró la mano–. Venga, vamos a tomar un poco de esa pecaminosa mousse de chocolate.

Una hora después, Amy estaba harta de fiesta. No tenía humor para risas y frivolidades, quería irse a casa. Vio a Michael al otro lado de la habitación y sintió que su amor por él le dolía en el pecho. De repente, una imagen la asaltó: Michael, sin camisa, con Lizzie desnuda y recién bañada en brazos. Parecía diminuta contra ese pecho moreno y musculoso. Y volvió a ver el rostro maravillado de Michael al mirar a su nena: «Nunca pensé», dijo suavemente, «que podría amar tanto a algo tan pequeño».

Fue un momento tan perfecto que Amy supo que nunca lo olvidaría. Sin embargo, no había pensado en eso, ni lo había recordado conscientemente, durante mucho tiempo. Amy rememoró lo que había leído en el libro, todas esas cosas que de repente tenían sentido. ¿Cómo podía haber comprendido tan poco al hombre que amaba?

Fijó la vista en un cuadro de colores brillantes que había en la pared, y sintió que un brazo la rodeaba.

–Estaba buscándote –dijo Michael, atrayéndola hacia sí–. ¿Qué haces aquí sola?

–Miraba el cuadro –apoyó la cabeza en su hombro.

–Has estado muy callada esta noche –dijo él–, y apenas has comido. ¿Te encuentras bien?

–Estoy perfectamente –le dijo, emocionada por el tono preocupado de su voz–. No tenía hambre. ¿Qué opinas de este cuadro?

–Es bastante fiero. No lo pondría en el dormitorio.

–No. Podría causar pesadillas –simuló un escalofrío. Era agradable estar de pie junto a él, con la cabeza apoyada en su hombro. ¿Cómo pudo pensar alguna vez que ya no lo quería?

–Vámonos a casa –dijo.

—La mejor oferta de toda la noche —sonrió él.

—Abrázame —susurró ella, acurrucándose a su lado.

Amy sacó el paquete blanco del cajón y lo puso sobre la cama. La bolsa de plástico estaba sellada con varias tiras de ancha cinta adhesiva.

Sentada sobre las piernas, delante de la cama, levantó un trozo de cinta y lo arrancó lentamente. Y después otro y otro.

La habitación estaba tranquila, la ventana abierta dejaba entrar el aroma de los pinos y el piar de los pájaros. Aunque la rodeaba la paz, su corazón era un torbellino.

Formó bolas con los trozos de cinta adhesiva. La bolsa estaba abierta. Deslizó la mano dentro y sacó el álbum blanco. Tiró la bolsa al suelo y se obligó a mirar el libro que había sobre la cama.

La cubierta tenía un diseño de flores y mariposas en colores pastel. Posó la mano en ella y la acarició. Se le aceleró el corazón.

«Ábrelo», se ordenó. «Ábrelo. Mira las fotos». Cerró los ojos; su mayor alegría y dolor estaba atrapado en papel, dentro de ese álbum. Sólo tenía que mirar.

No podía hacerlo. No estaba preparada.

No soportaría ver las fotos. Aún no, ese día no.

Esa noche soñó con el bebé, una pesadilla llena de terror, y se despertó gritando. Se incorporó en la cama, con el corazón acelerado, y sintió que Michael la rodeaba con sus brazos.

– No pasa nada –la tranquilizó–. Estoy aquí.

Ella inspiró y se frotó la cara, húmeda de lágrimas.

«Oh, Dios, otra vez no», pensó.

Había tenido esa pesadilla muchas veces, pero no en el último año. Un escalofrío recorrió su cuerpo y apretó la cara contra el cálido cuello de Michael.

–Lo siento –susurró.

–Estabas gritando. ¿Tenías una pesadilla?

–Sí, pero ahora estoy despierta. Estaré bien –inspiró de nuevo e intentó calmarse. Le vendría bien levantarse, beber algo, ver algo inocuo en la televisión; cualquier cosa que la hiciera olvidar las terribles imágenes.

–¿Quieres hablar de ello? –inquirió él. Ella hizo un gesto negativo.

–Solo quiero olvidarlo –se escabulló de sus brazos y se sentó en la cama–. Voy a beber agua.

–Yo te la traeré –apartó las mantas, pero ella puso una mano en su brazo para impedir que se moviera.

–No, no, necesito moverme, estar levantada un rato –salió de la cama, fue a la cocina y se preparó un té. Se acurrucó en el sofá y encendió la televisión.

–Tienes unos ojos preciosos –decía el joven a la escuálida chica que aparecía en pantalla–. Percibo una gran tristeza. ¿Qué es lo que tortura tu alma?

–Tú –contestó la chica, y se alejó mascando chicle.

Amy, utilizó el mando a distancia para saltar de canal en canal, con la esperanza de encontrar algo que ocupara su mente sin agobiarla.

Un anuncio de comida para perros. Una discusión sobre la contaminación del agua. Una persecución en coche, sirenas. Era imposible. Apagó la televisión y sorbió el té. Michael entró en la habitación. Se sentó junto a ella y le acarició la mejilla.

–Bébetelo y ven a la cama –dijo–. Me siento solo.

–De acuerdo –accedió ella.

En la cama, él la envolvió con su cuerpo y ella se durmió casi al momento.

Después, algo hizo que se despertara a medias. Suspiró y se dio la vuelta. Michael no estaba en la cama. Se oía música. Volvió a dormirse un momento, inquieta. Música muy triste. Abrió los ojos. La habitación estaba oscura, y el aíre cargado de energía.

Escuchó la música, sintiendo que la invadía el miedo. Michael tocaba el piano, y las notas expresaban una desesperación oscura que le dolió en el alma. Nunca le había oído tocar con tanta angustia y dolor.

Salió de la cama, se puso la bata y fue a la sala. Estaba sentado en la oscuridad, improvisando, tocaba como si hubiera perdido el alma.

Quizá fuera así.

Se puso a su lado, y notó la rigidez tormentosa de su espalda y hombros. Tenía los ojos cerrados y la música fluía de sus dedos, de su cuerpo: un torrente de pérdida y dolor. Paró de repente, y se quedó rígido y quieto, con la cabeza agachada, sin abrir los ojos.

Amy percibía la tensión en la habitación, la música aún vibraba en el aire, aún cosquilleaba sus nervios. Se colocó tras él y le puso las manos sobre los hombros con suavidad; necesitaba tocarlo, sentirlo, consolarlo de alguna manera.

Él giró en el taburete, se abrazó a su cintura y apoyó el rostro en su pecho. Temblaba.

–Michael, ¿qué te ocurre? –murmuró.

–No lo sé –dijo él inexpresivo–. No sé qué me ocurrió. De dónde salió esa música.

Durante unos minutos se abrazaron en silencio. Luego él se enderezó y deslizó las manos hacia los lados de sus pechos. Ella sintió el calor que fluía de sus manos, de su cuerpo.

—Volvamos a la cama —dijo él con voz espesa.

Le hizo el amor con una pasión desesperada que casi la asustó. Su intensidad era abrumadora, su boca y sus manos hambrientas, codiciosas. Su fiereza la anonadó al principio, pero no por mucho tiempo. La respuesta a su deseo surgió en ella como una llama abrasadora. Enredó el cuerpo con el suyo, intoxicada por la excitante sensación de deseo puro y crudo, anhelando más, más…

—Amy —levantó la cabeza, tembloroso—. Amy… —era una súplica. Sus ojos parecían de oro bruñido y reconoció en ellos la angustia que lo asolaba desde lo más profundo del olvido. Sin aliento, frenética, tomó su rostro entre las manos.

—Te quiero —susurró, oyó su gemido de alivio, y se sintió resbalar, caer hacia la inconsciencia.

No hablaron durante largo rato.

—Prométeme algo —dijo él por fin, abrazándola con fuerza—. Prométeme que no me dejarás.

—Michael… te quiero.

—Por favor —rogó, ronco—, aunque nunca recupere la memoria, no me dejes. Prométemelo.

—Nunca te dejaré —susurró ella.

Capítulo 8

MICHAEL se durmió enseguida y Amy escuchó su respiración. Recordó el día que decidió abandonarlo, el día que llenó dos maletas, fue en taxi al aeródromo y subió en la avioneta que la sacó de la isla.

La noche anterior, Michael y ella habían asistido a un cóctel de trabajo. Se había comportado como una sonámbula, sin energía mental para ser cortés, sonreír y charlar amistosamente. Nada importaba, nada excepto el dolor de perder a su hija.

Vio a Michael de pie en una esquina, con su amiga Sasha y una pareja a la que no conocía.

Michael se reía. Se reía a carcajadas, echando la cabeza hacia atrás.

Era una imagen tan impactante, tan ajena, que por un momento se olvidó de respirar. Su expresión distante y fría se había desvanecido milagrosamente, y parecía despreocupado y feliz. No pudo evitar mirarlo fijamente, sin oír ni ver nada que no fuera Michael y la gente que lo rodeaba.

Las risas continuaron. Algo debía ser muy divertido; seguramente una de las estúpidas historias de cabras de Sasha, y no parecía que la risa fuera a acabar. Llenó su cabeza como el rugido del mar.

Con los pies clavados en el suelo, Amy miró el rostro feliz de Michael y sintió que la invadía una ira abrasadora. ¿Cómo podía? ¿Cómo se atrevía a reír? ¿Cómo se atrevía a divertirse cuando sus vidas se habían roto en pedazos?

«No le importa», pensó. «¡Es un monstruo!».

Corrió. Lejos de Michael y de la risa, lejos del ruido y de la gente, como si la persiguiera un demonio invisible. Corrió al exterior, a la noche, semiconsciente de su movimiento, azuzada por la cólera y la angustia.

Corrió y corrió.

De pronto se dio cuenta de que había abandonado el hotel y caminaba por la carretera, descalza. No sabía dónde iba. Se movía, un pie tras otro, mientras las lágrimas surcaban su rostro.

Perdió todo sentido de tiempo y dirección. Por fin, sin aliento, se derrumbó en un banco de madera, junto a un kiosco. Era una noche oscura y solo se veía un fino gajo de luna entre las palmeras. No sabía dónde estaba, ni le importaba. Notó, ausente, que le sangraban los pies, y tampoco le importó. Lo único que veía era la imagen de Michael riendo y riendo.

¿Cuánto tiempo hacía que no reían juntos? ¿Cuánto desde que se sintió feliz? ¿Volvería a serlo alguna vez?

Después aparecieron unas luces brillantes. Un coche se detuvo, Michael iba hacia ella y se oyó gritarle. Lo odiaba y no quería volver a verlo. No le importaba que el bebé hubiera muerto. No le importaban ella ni sus sentimientos y quería que la dejara en paz.

No la dejó en paz. De alguna manera consiguió meterla en el coche y llevarla a casa; ella lloró histérica durante todo el viaje, y lo acusó de cosas horribles. Él no dijo ni una palabra; cuando llegaron a casa, ella había agotado su cólera y se sentía desmadejada como una bayeta sucia.

La casa estaba vacía y en calma; la asistenta se había marchado horas antes.

—Siéntate —ordenó él cuando entraron al salón.

Se sentó. No tenía energía para hacer otra cosa. Nada en el rostro de Michael dejaba entrever que había estado riendo y pasándolo bien poco antes. Parecía tan ajeno y distante como un extraño de otro continente.

—¿Dónde están tus zapatos? —preguntó él.

—No lo sé —debía habérselos quitado y abandonado en algún lugar. Zapatos italianos de tacón alto, caros; y no le importaba no verlos nunca más.

—Mete los pies en el agua —ordenó él, apareciendo con un barreño de agua caliente, toallas y un botiquín. Ella obedeció.

Se sentía entumecida, su mente se fijaba en detalles irrelevantes, como el color del barreño, azul, la lucecita roja del equipo de música, y el agudo sonido que emitían las ranas en el exterior.

Vio, sin sentir, cómo Michael le lavaba los pies, le ponía pomada y se los vendaba. Observó sus manos: fuertes, capaces de arreglar cualquier cosa, que una vez salvaron a un niño de ahogarse. Vio sus manos como cualquier otro objeto de su entorno: una lámpara o un candelabro. Le miró recoger todo. Era un hombre guapo, incluso ahora, con expresión remota y adusta. No sintió ningún vínculo, ni amor, nada.

Cuando terminó, se sentó en una silla frente a ella. Se inclinó hacia delante, apoyó los codos en los muslos y metió las manos entre las rodillas.

—Entonces —dijo lentamente—, te marchaste porque te molestó que me riera.

—Sí —miró fijamente la lucecita roja del equipo de música—. Imagino que Sasha contaba una de sus estúpidas historias de cabras —dijo con amargura.

–De hecho, así era. Tú misma eres una gran admiradora de esas historias.

–Ya no –escupió ella, evitando sus ojos.

–Hace mucho que no te ríes –dijo él suavemente.

–No me apetece reírme –lo miró con odio–. Puede que tú no lo entiendas, pero es así.

–Amy –dijo él, tras un momento de silencio–, me agradó volver a reír. ¿Debería sentirme culpable?

–¿Te sentiste culpable? –lo miró a los ojos. Creyó ver un chispazo de dolor, pero quizá se lo imaginó.

–Sí, lo hice. Pero no es racional, Amy…

–¿Racional? –preguntó con frío desdén–. ¿Es eso lo que te preocupa? ¿Racional? Dime qué hay de racional en lo ocurrido. ¡Dime qué sentido tiene! ¡Entonces me preocuparé de ser racional!

–Amy, no podemos seguir preguntándonos por qué –se frotó la cara y suspiró–. No hay respuesta. Nunca habrá respuesta. No podemos atarnos al pasado y dejar que nos consuma; tenemos que seguir adelante, Amy. ¡Debemos seguir viviendo!

La súbita vehemencia de su voz la sobresaltó y la cólera volvió a aflorar.

–Por lo que veo, a ti te va muy bien –dijo con odio–. Supongo que ya ni siquiera piensas en ella –se puso en pie, respingando de dolor, los pies le ardían–. Adelante, ve a fiestas, diviértete. No dejes que el pasado te consuma.

Fue a su dormitorio a trompicones, al dormitorio que ya no compartían, se tiró en la cama y se quedó allí tumbada, con los ojos secos, hasta que cayó en un sueño exhausto.

Al día siguiente hizo las maletas, escribió una nota para Michael y voló a Filadelfia.

Ahora, dos años después, en una habitación en la costa de Oregón, Amy miraba a Michael dormir en la cama, junto a ella, y comprendía, con pesar devastador, que abandonarlo fue la peor decisión de su vida.

A la mañana siguiente, Amy volvió a sacar el álbum del cajón y miró la portada. Su mano volvió a temblar y su pulso a acelerarse.

Lo escondió de nuevo en el cajón, sin abrirlo.

«Necesito tiempo. Necesito algo más de tiempo».

Pero no lo tenía.

Cuando miró el calendario descubrió, con horror, que el colegio empezaba en tres días. Amy se sentó en una silla de la cocina y se tapó la cara con las manos.

–Oh, no –masculló para sí–. ¡Tres días!

¿Cómo podía haber dejado pasar tanto tiempo sin pensarlo siquiera? Tenía una vida en Filadelfia, a miles de kilómetros. Una vida que había aparcado en lo profundo de su consciencia, pero real, muy real.

Era profesora. Tenía un apartamento pequeño, pero agradable, tenía amigos con los que salía de compras, al cine o a cenar.

En principio no era una mala vida, pero tras esa agradable fachada, su existencia era fría y vacía. Sus amigos no sabían que estaba divorciada, no sabían que, aunque poco tiempo, había sido madre.

Los dos últimos años intentó no pensar en su vida; simplemente vivía día a día, iba a trabajar y ocupaba su tiempo libre.

Amy se frotó la cara y lanzó un gemido. Era hora de pensar en esa vida, de recordar sus obligaciones: el alquiler sin pagar, el amigo que regaba sus plantas, desconocía su paradero y estaría preocupado.

Estaba allí como esposa de Michael, simulando que no tenía otra vida, pero no podía seguir así. Tenía que hacer algo. Tenía que tomar decisiones.

Tres días.

Empezaría el colegio, los niños volverían. Se suponía que estaría allí para enseñarles. Era lo que se esperaba de ella; era su vida.

Inhaló profundamente. Tenía que decidir qué quería. Pero ya lo sabía.

Quería recuperar a su marido.

Se puso en pie y paseó inquieta por la cocina, mientras nebulosas briznas de pensamiento intentaban aflorar a su consciencia. Lentamente, se permitió formular sus ideas, transformarlas en palabras.

«Puedo dejar el trabajo y cancelar el contrato de alquiler. Se le desbocó el corazón».

Era una locura pensar así, renunciar a todo: trabajo, dinero, amigos, seguridad e independencia.

Miró el océano y oyó la voz de Michael: «No me dejes. Prométemelo».

Sabía lo que tenía que hacer.

Dos horas después se había despedido de su trabajo, había cancelado el alquiler de su apartamento, concertado el traslado de sus muebles y objetos personales a un almacén, y hablaba por teléfono con un Mack inquieto y preocupado, su amigo y vecino, que había recogido su correo y regado sus plantas.

−¡Amy! ¿Dónde has estado? ¡Estaba a punto de denunciar tu desaparición! ¿Dónde estás?

Le contó dónde estaba. Le contó lo que había hecho esa mañana.

−¿Estás loca? ¿En qué estás pensando? ¡Cómo no has hablado conmigo antes! Podrías haber realquilado el apartamento. ¿Por qué dimitir de tu trabajo? ¿No te concedieron un permiso sin sueldo? ¿Lo pediste?

−No −contestó.

–¿Por qué?

–Porque no encajo en Filadelfia. «Encajo aquí, junto a Michael» pensó en silencio.

Sintió una sensación de euforia ligera y volátil, y todo le pareció radiante y maravilloso.

Pensaba que una vez aceptara la realidad de lo que había hecho, la atacaría el pánico, pero no ocurrió.

Preparó una cena especial, compró flores para la mesa y se puso un vestido coqueto.

–Estás… deslumbrante –dijo Michael sonriente, cuando llegó–. ¿Vamos a salir?

–No, –negó con la cabeza y le rodeó el cuello con los brazos–, simplemente me apetecía una celebración.

–¿Celebración de qué?

–De nosotros –acercó la boca a la suya–. Tú y yo –musitó contra sus labios.

Más tarde, se acomodaron en el sofá para ver una película, algo superficial y sencillo, que no exigía mucha atención de su parte. Estaban concentrados el uno en el otro, y en las maravillas que podían hacer sus manos.

En la pantalla, dos niñas pequeñas saltaban en una cama de madera, aullando de risa. La cama crujía y ocurrió lo inevitable: la cama se rompió y las niñas cayeron una sobre la otra, riendo.

–Una vez rompimos una cama –dijo Amy, encantada del recuerdo–. Fue muy… excitante.

–Y ¿cómo lo conseguimos? –Michael arqueó una ceja interrogante–. ¿Saltando sobre ella?

–No –Amy frunció los labios, sin explicarse.

–¿Vas a decirme lo que ocurrió o tengo que sacártelo? –dijo él–. ¿Dónde fue? ¿Cuándo ocurrió?

–Vale, vale –dijo, estirando la espalda e inhalando de forma teatral–. Fue al año de casarnos. Estábamos de vacaciones, íbamos a Louisiana a visitar a unos amigos y el coche de alquiler se rompió frente a un destartalado motel –sonrió–. Así que decidimos pasar la noche allí y ocuparnos del coche al día siguiente.

–¿Y rompimos la cama del motel? –Michael frunció el ceño, intentando sentir una chispa de reconocimiento–. ¿Cómo lo hicimos?

–Estábamos… luchando.

–¿Luchando?

–Bueno, ya sabes, tú intentabas violarme y…

–¿Yo intentaba violarte? ¿Acaso te resistías? –su voz sonó seca. Hasta ahora Amy no había opuesto ninguna resistencia cuando quería hacerle el amor.

–No quería –la expresión incrédula de Michael casi la hizo reír–. Y tú me tiraste sobre la cama y caíste sobre mí, y la estructura se hundió.

–¿No querías? –inquirió él, como si romper la cama no fuera tan asombroso como que ella rechazara sus atenciones amorosas.

–Bueno, ya sabes, tenía dolor de cabeza, y estaba cansada –lo miró con recato.

–Y seguro que acababas de ir a la peluquería –añadió él, cortante.

–Sí, eso también –dio un suspiro–. Así que te supliqué que no lo hicieras.

–Me ¿suplicaste?

–Sí, dije: «Por favor, Michael, esta noche no. Por favor, no, no. Por favor».

–Oh, ya veo. Así que luché contigo, e intenté obligarte ¿no?

–Bueno, un hombre tiene ciertas necesidades –Amy se mordió el labio pero sabía que sus ojos brillaban de risa. Él gruñó y puso los ojos en blanco.

–¿Por qué te estás inventando esa historia ridícula?

–No me la estoy inventando. Ocurrió –se echó a reír, sin poder evitarlo–. Excepto que era todo comedia. Yo simulaba que tenía dolor de cabeza y estaba cansada. Era un juego.

–Me alegro, por un momento me has preocupado.

No había sido un momento largo, Amy estaba segura de eso.

–Y, ¿por qué hacías comedia? –la observaba, pensativo.

–Teníamos que hacer algo. El sitio era horrible y ni siquiera había televisión. En fin, empecé yo. Simulé resistirme a tus… ejem… avances amorosos.

–¿Por qué querías hacer eso? Hasta ahora me ha dado la impresión de que te parecen muy bien.

–Estás muy seguro de ti mismo ¿verdad? –se rio–. Lo hice porque siempre crees que con chasquear los dedos soy toda tuya y…

–Yo no chasqueo los dedos, ¡no creo haberlo hecho nunca!

–En sentido figurativo, por supuesto –dijo ella con superioridad–. En cualquier caso, de vez en cuando no te vendría mal tener que esforzarte un poco, ¿sabes?, para mantenerte en forma.

Sin darle tiempo a responder, corrió hacia la puerta. Él la siguió como un relámpago. Corrió al jardín, camino del bosque, pero él la alcanzó y la atrapó en sus brazos antes de que llegara a la verja.

–Yo te enseñaré a no hacer jueguecitos conmigo –la amenazó.

Ella se rebulló contra él, riendo y sin aliento, hasta que se rindió y se relajó en sus brazos. Empezó a besarla, y la depositó en la hierba, suave y fresca contra sus brazos y piernas desnudos. Se tumbó sobre ella, mordisqueándole el cuello, volviéndola loca.

—No vas a escaparte de mí —le susurró al oído—. Voy a violarte aquí mismo.

—Si insistes en comportarte como un Neanderthal, no tengo opción. Tendré que soportar el sufrimiento.

—Disfrutarás cada segundo —alardeó él, y procedió a probarlo.

No tenían tiempo de delicadezas, de amor largo y mesurado. Era demasiado tarde. La pasión y el fuego los consumieron, hasta que la tensión se liberó y sus cuerpos recuperaron la calma. Siguieron largo rato abrazados, bajo las estrellas.

—Espero —dijo él— que no hayas sufrido demasiado.

—Eres muy malo —rio ella al oír su tono triunfal.

—No, cariño, te equivocas —sonrió con presunción—. Soy muy bueno.

—Me rindo —gruñó ella, dejando caer la cabeza en su pecho.

—Bien. Vamos adentro. Empieza a hacer frío.

Se metieron en la enorme y cómoda cama. Ella se acurrucó contra él, sintiendo su mano acariciándole la cadera. Él miraba al techo.

—Después de hundir la cama —dijo él lentamente—, cuando terminamos de reírnos, pusimos el colchón en el suelo e hicimos el amor. Las cortinas estaban abiertas. Eran de flores y había luna llena, que brillaba sobre nosotros.

—Sí —Amy apenas respiraba. Michael se volvió hacia ella, con ojos llenos de cariño y amor.

—Recuerdo esa noche. Recuerdo lo que pensaba.

—¿Qué?

—Recuerdo pensar que trabajaba para una compañía que tenía hoteles de lujo en todo el mundo, a mi disposición, y que solo deseaba estar allí, en esa destartalada habitación, en un colchón tirado en el suelo, contigo entre mis brazos. Recuerdo que me sentía el hombre más feliz del mundo.

—Me muero de hambre —dijo Amy sentándose en una enorme roca.

Era domingo y habían ido al interior del bosque, lejos del ruido de gente, coches y teléfonos. Encontraron un lugar idílico junto a un arroyo que discurría por encima de rocas y piedras. Amy miró con añoranza el agua cristalina que brillaba al sol.

—Ni se te ocurra —dijo Michael, leyéndole el pensamiento. Dejó la mochila en el suelo.

—Lo sé, lo sé —suspiró ella—. Está helada.

Michael se sentó junto a ella y saquearon la mochila, que contenía un tesoro de bocadillos italianos, melocotones y avellanas tostadas.

Tras acallar su hambre, Amy sintió que la invadía un dulce letargo y se tumbó, poniendo la sudadera bajo su cabeza. Cerró los ojos, adormilada. El ruido del agua tenía un efecto soporífero y durmió un rato, hasta que sintió la mano de Michael sobre la suya. Lo miró con las pestañas entrecerradas.

Estaba sentado, mirándola. Se había quitado la camiseta y ella disfrutó al ver su amplio pecho, moreno y fuerte, sus piernas largas y musculosas; era sexy y varonil. Al ver su expresión pensativa sintió un pinchazo de aprensión. Conocía esa mirada. Mientras ella dormía, él había luchado con ideas y sentimientos.

—¿Te he despertado? —preguntó él.

—En realidad no, solo estaba adormilada —le apretó la mano—. ¿Qué piensas?

Él dudó un momento, y apartó los ojos.

—Me preguntaba por qué nos está ocurriendo esto —dijo—. No puedo sino pensarlo. Debería estar muerto y no lo estoy. Es mi memoria lo que ha muerto.

A Amy le dio un vuelco el corazón y su languidez se esfumó. Se sentó y le puso la mano en la pierna.

—Pero la estás recuperando, Michael, poco a poco. Solo han pasado unas semanas.

—Sí, pero a veces tengo la... impresión de que hay una razón ... un propósito. ¿Te parece una locura?

—No —Amy tragó saliva—. Una amiga mía dice que todo lo que ocurre, ocurre por algo. Que siempre hay una lección que aprender.

Al decirlo comprendió cuán cierto era, al menos para ella; cuánto había aprendido sobre sí misma y sobre el hombre al que amaba, en pocas semanas.

—¿Qué se supone que debo aprender? —preguntó él ceñudo—. Si no sé lo que es, ¿qué más da?

—No lo sé. No creo que nadie pueda decírtelo. Quizá también se tarde tiempo en descubrirlo.

—Puede —la miraba con ojos sombríos—. A veces tengo la sensación de que hay algo que no recuerdo porque no debería recordarlo, al menos de momento.

—¿Qué quieres decir con que no deberías? —Amy se retorció las manos. Se le había parado el corazón.

—No lo sé, solo es una idea loca. O quizás sea porque no quiero recordarlo —se encogió de hombros—. He leído que hay amnesia causada por un trauma emocional, algo tan devastador y doloroso que uno no puede enfrentarse a ello y lo aparta de la memoria.

—Tuviste un accidente, Michael. Fue un trauma físico —le temblaba la voz.

—Lo sé —estudió su rostro—. Pero hay algo que no me has contado ¿no es cierto, Amy? —su voz era grave, y ella supo que no era una pregunta. Estaba seguro.

El miedo le atenazó la garganta. No me preguntes, por favor no me pidas que te lo cuente.

—¿Amy? ¿Qué es tan terrible que no puedes contár-

melo? –tomó sus manos crispadas y las separó con gentileza.

Ella se tragó el miedo. Necesitaba estar tranquila.

–Quiero que recuperes la memoria, pero… –cerró
los ojos. «No quiero perderte», concluyó para sí.

–¿Pero qué? –insistió él.

–Tengo miedo –musitó. «Miedo de que me odies».

–¿Por qué? ¿Por qué te asusta que recupere la memoria?

–Porque… no todo lo que recuerdes será feliz y divertido –respiró entrecortadamente.

–Y tú has procurado decirme sólo las cosas buenas,
para levantarme el ánimo.

Ella asintió con la cabeza.

–Sé que lo has hecho, Amy, pero no tienes que pro-
tegerme. No sería realista asumir que tenía una vida
perfecta, ya lo sé. Sé que debo tener recuerdos infelices. Debo haber cometido errores, hecho cosas de las
que me arrepentí, herido a gente.

–Yo también –dijo ella, sin mirarlo. Levantó una
lata de refresco medio vacía y dio un sorbo, deseando
que cambiaran de tema.

–Entonces, ¿por qué no me cuentas todo lo sórdido?
¿Por qué no nos lo quitamos de encima?

–Las cosas buenas son más divertidas –replicó, nerviosa–. Además, no quiero que conozcas mi lado oscuro.

–Todos tus lados son luminosos, dulces y sensuales.
Soy tu esposo; lo sé.

–Te equivocas –comenzó a guardar los restos de la
comida en la mochila, evitando sus ojos. Él le quitó la
mochila, le puso una mano bajo la barbilla y levantó su
rostro hacia él.

–Me dijiste que tus principios morales eran de primera.

–Quizá te mentí.

–La idea de que tengas un lado oscuro me parece… interesante –rio él–. ¿Qué hiciste? ¿Robar un banco? ¿Vender armas a una república bananera?

–No.

«No fui una buena esposa. Rompí la promesa más importante que había hecho en mi vida y te abandoné», quiso decir, pero no pudo.

–A lo mejor eres una bruja que hechiza a gente –la besó con suavidad–. A lo mejor me has hechizado.

Ella sintió que le quemaban las lágrimas, apartó el rostro de su mano y bajó la cabeza.

–Por favor, Michael, no –alcanzó la mochila y guardó las últimas cosas.

Hubo un silencio y sintió la caricia de sus ojos, que buscaban algún significado en su rostro.

–Amy, no quiero que me ocultes cosas. Tengo derecho a saberlas.

–Sí, es verdad –intentó cerrar la hebilla. Le temblaban las manos–. Te lo diré –dijo–, cuando… cuando pueda… en el momento adecuado. Te lo prometo –se rindió ante la hebilla.

–Dame, yo lo haré –ofreció él, quitándole la mochila.

Mientras cerraba la mochila, Michael observó a Amy pasear hasta el arroyo, agacharse y lavarse las manos. Había notado el terror de sus ojos y sus manos temblorosas, y sentía que la sombra de algo terrible se cernía sobre él.

Capítulo 9

LOS días siguientes, Amy no puedo librarse de la sensación de catástrofe inminente. Tenía problemas para dormir. «Tengo que decírselo», pensaba. «Tengo que decírselo».

Necesitaba desesperadamente hablar con alguien, pero no sabía con quién. Sus amigos de Filadelfia no sabían la verdad, y no eran íntimos; a los de la isla los había dejado sin decirles siquiera a dónde iba. Llamó a su madre a Madrid, pero la asistenta le dijo que sus padres habían salido.

Kristin.

No conocía mucho a Kristin, pero era buena persona y se había ofrecido. Amy levantó el teléfono.

Media hora después, Kristin estaba ante la puerta, vestida con pantalones de chándal y una camiseta, llevaba el pelo, espeso y rizado, recogido en una cola de caballo.

—Espero que no sea una reunión elegante —dijo.

—Solo café —anunció Amy, como si Kristin esperara una respuesta seria. Estaba intranquila. Sirvió dos tazas de café y se sentaron a la mesa de la cocina. Kristin estiró el brazo y le tocó la mano.

—Suéltalo, chica.

—Por favor, no le cuentes esto a nadie —Amy inspiró con fuerza.

—Ni a un alma.

Amy se mordió el labio, cerró los ojos, volvió a abrirlos y miró a Kristin.

—Michael y yo no estamos casados; estamos divorciados —barbotó. La expresión de Kristin no cambió.

—Y Michael no lo sabe —dijo Kristin con calma, sin sorpresa aparente.

—¿Lo sabías? —Amy la miró con fijeza.

—No exactamente. Sabía que algo no era... lo que parecía —Kristin se echó azúcar al café—. En el Aurora todos lo comentan, Amy.

—¿Todos? —Amy se agobió —¿Qué... qué dicen?

—Que hay algo raro. Michael estuvo aquí una semana antes del accidente. Todos los que lo conocieron entonces tenían la impresión de que era soltero. No mencionaba una esposa en su currículum, y le dijo a algunas personas que era soltero.

—Oh, no —gimió Amy, ocultando el rostro entre las manos. Pensó en Julia y en Darin Kramer. ¿Por qué creyó que podía mantener la verdad en secreto? Levantó la cara—. ¿Alguien le ha dicho algo a Michael?

—Lo dudo —Kristin removió el café—. Es un tema bastante delicado y nadie le conoce lo suficiente; además, ahora tiene vuestra foto de boda en el despacho. Y es obvio que está totalmente gagá por ti, ¿qué van a decir?

—¿Gagá? —Amy soltó una risita nerviosa. Kristin sonrió.

—Bueno, encandilado, embobado, enamorado. Está loco por ti. No me digas que no te has dado cuenta —añadió con ironía.

—Es un lío enorme.

—¿Porque te quiere?

—No, sí. Y... porque yo lo quiero.

—Te quiere, tu lo quieres —Kristin hizo una mueca—.

Ya veo que tenéis un problema enorme.

—El problema es que no recuerda la verdad sobre nuestra relación.

—Perdona —Kristin la miró con arrepentimiento—. No pretendía burlarme. Debe ser terrible no recordar el propio pasado.

—Por eso volvió a enamorarse de mí, porque no lo sabe, y… —su voz se apagó.

—¿Amy? —el tono de Kristin era suave—. Simplemente dímelo, suéltalo. Quizá no pueda ayudarte, o ni siquiera entenderte, pero puedo escuchar.

Amy le contó la historia, pero no completa. Comenzó por decirle que unos años antes su matrimonio se había derrumbado y que ella abandonó a Michael y se divorció de él. Kristin escuchó sin interrumpir mientras Amy le contó la llamada de Melissa, cómo se montó en un avión para ayudar a Michael, y que había abandonado su trabajo y su apartamento de Filadelfia para quedarse con él.

—¿Y Michael no sabe nada de esto? —preguntó Kristin cuando Amy terminó.

—Piensa que estamos felizmente casados.

—Según las apariencias, lo estáis.

—Porque no recuerda lo horrible que fue.

—Y te preocupa que recupere la memoria y deje de quererte —dijo Kristin, estudiando su rostro.

—Sí —le dolía la garganta y tragó saliva—. Nota que algo no va bien; me ha dicho que sabe que no le he contado todo.

—¿Qué crees que deberías hacer?

—No lo sé… la mitad del tiempo no me soporto.

—¿Qué quieres decir?

—No soy honesta con él y odio los embustes. No puedo seguir viviendo una mentira —suspiró—. Sé que tengo que decírselo pero… me aterroriza.

Kristin miró el interior de la taza, pensativa, como si pudiera encontrar la respuesta en el fondo.

—Ahora te quiere, Amy —dijo, alzando la cabeza—. Eso puede marcar la diferencia.

Era una idea agradable, pero Amy tenía demasiado miedo para tener esperanza, demasiado miedo porque sabía cómo fue una vez.

—Eh —murmuró Kristin—. No sé lo que ocurrió entre vosotros, y no hace falta que me lo digas, pregúntate a ti misma si era realmente insoluble o imperdonable.

—Ya no —Amy movió la cabeza—. Para mí no.

—Entonces hay esperanza —Kristin se reclinó en la silla—. Veamos. Sabes que lo quieres. Sabes que no puedes seguir viviendo una mentira. Sabes que tienes que aclararlo con él. ¿Para qué me necesitas a mí?

—Como dijiste, necesitaba que escucharas, tu apoyo moral —Amy sonrió débilmente e hizo una mueca—. Y si ya no me quiere y tengo que salir de aquí, me hará falta un sitio donde quedarme.

—Un consejo —dijo Kristin—. Si lo quieres, no te vayas, pase lo que pase.

—El correo, señor —dijo la señora Applegate, dejando un montón de papeles sobre el escritorio de Michael. Encima había un sobre azul, intacto, con la dirección escrita a mano—. Este parece personal —añadió, golpeándolo con una uña pintada de rosa—, así que no lo he abierto.

—Gracias.

La carta venía de St. Barlow. Abrió el sobre y sacó una nota y varias fotos. La nota era de Sasha.

Siento haber tardado tanto en enviarte esto. Sacamos estas fotos en tu fiesta de despedida, y he puesto el

*nombre de cada uno por detrás, para que sepas quié-
nes son.*

Estudió la primera foto. Se reconoció a sí mismo,
sentado entre un grupo de gente, en una mesa de restaurante, comiendo y riendo. Otra foto mostraba a todos
bailando, con una orquesta al fondo. Había tres fotos
más y todas tenían algo en común. Amy no aparecía en
ninguna de ellas. Jennifer Casey en todas.

Sintió un frío helado.

Volvió a meter las fotos en el sobre. Miró su reloj,
agarró el teléfono y marcó el número de Russ.

—Necesito una respuesta directa —dijo sin preámbu-
los, en cuanto Russ se puso al aparato.

—Haré lo que pueda. Dispara.

—¿Quién es Jennifer Casey?

—Ni idea. Nunca he oído hablar de ella.

—Bueno, supongo que es todo lo directa que puede
ser —Michael cerró los ojos y se frotó la nuca.

—¿Por qué quieres saberlo?

Michael titubeó un momento y al final optó por la
honestidad.

—No lo recuerdo, pero parece que estaba teniendo
una aventura con ella antes de venir a Oregón.

—Creo —dijo Russ tras un silencio embarazoso—, que
deberías hablar con Amy. Dile lo que piensas.

Michael hizo una mueca. Le parecía una idea horrible. Las fotos lo obsesionaron todo el día.

Cuando llegó a casa, encontró a Amy en la cocina,
echando lechuga en una ensaladera de madera.

—¿Que tal tu día? —preguntó ella, sonriente.

—Ocupado —dijo, lo que era parte de la verdad. Se
aflojó la corbata y la miró— Amy ¿has oído hablar de
Jennifer Casey? —no había previsto hacer esa pregunta
y por un momento lo aterrorizaron sus palabras.

–No –Amy negó con la cabeza. Su expresión no registró reconocimiento. –¿Quién es?

–Realizó un proyecto para el hospital de la isla: integración de redes informáticas, o algo así.

–No la conozco –dijo ella, volviendo a la lechuga.

–Iré a cambiarme de ropa –salió de la cocina, sin saber si sentir alivio. Si Jennifer había visitado la isla varias veces, a lo largo de unos meses, y se había alojado en el hotel, ¿cómo era posible que Amy no supiese quién era? La isla era muy pequeña, y sin duda la comunidad acogía y entretenía a los visitantes.

En el dormitorio, tiró la corbata sobre una silla, se quitó la chaqueta y comenzó a desabrocharse la camisa, captando su reflejo en el espejo. Miró su pelo encanecido, el rictus serio de su boca, las sombras de sus ojos, como había hecho muchas veces antes. Algo fallaba, algo no estaba bien. Lo había percibido todo el tiempo y no mejoraba. Al contrario, la sensación empeoraba.

–¿Michael? –Amy entró en la habitación–. ¿Estás bien?

–Estoy harto y cansado de no recordar, de no saber nada –se quitó la camisa y la tiró al cesto de la ropa, con más fuerza de la necesaria; necesitaba tirar algo, romper algo, para aliviar su frustración–. ¡Estoy harto de esperar, de sentirme tan impotente! Detesto estar pendiente de mí mismo, de mi vida, de mis pecados del pasado. Preferiría dedicar mi energía a otras cosas –entró al cuarto de baño y cerró la puerta, pero no sin ver antes el miedo en los ojos de Amy. También estaba harto de ver eso, y de saber que no le contaba todo. Estaba harto de sentirse culpable de cosas que ni siquiera recordaba haber hecho.

Se echó agua en la cara e intentó calmarse. Cuando volvió al dormitorio, Amy no estaba. Se puso unos vaqueros y una camiseta. Estaba en la cocina preparando la cena.

–Siento haber perdido los papeles –se disculpó. Ella no lo miró, pendiente de la cebolla que cortaba.

–Está bien, Michael. Es normal que te sientas frustrado –alzó los ojos y le sonrió–. No te preocupes por ello. Toma una copa y relájate; la cena estará lista en veinte minutos.

Fue al salón y, obedeciendo un impulso, revisó los álbumes de fotos hasta encontrar los que parecían más recientes. Examinó las imágenes cuidadosamente. Amy tenía el pelo largo en todas.

Se estudió a sí mismo. El hombre de las fotos tenía ojos alegres, parecía feliz y despreocupado, y años más joven que el hombre que ahora veía en el espejo. Ahora su rostro era más delgado, los rasgos más afilados, esculpidos por alguna fuerza olvidada.

Pero lo cierto era que había mejorado. Había engordado algunos kilos y parecía menos demacrado que dos semanas antes.

Sacó una de las fotos y le dio la vuelta. Había una fecha impresa. La foto tenía cuatro años.

Sacó varias más, todas eran de la misma época.

Revisó los otros álbumes, pero las fotos eran aún más antiguas. Se quedó muy quieto, intentando procesar esa información.

¿Cuatro años sin fotos? ¿Ni siquiera una?

–La cena está lista –anunció Amy desde la puerta–. ¿Tienes hambre?

–Sí, sí –replicó, ausente. Su mente estaba lejos de pensar en comida. Cerró el álbum y se puso en pie. Percibió el apetitoso olor que llegaba del comedor.

–Huele muy bien –dijo, aparentando normalidad.

No hablaron mucho durante la cena, aunque dijo todo lo adecuado sobre la comida, que estaba deliciosa. Salmón fresco cocido en vino y hierbas, ensalada y pan de pueblo. Esa esposa suya era una mujer de muchos talentos.

La miró comer, estudió sus manos pequeñas, la curva de su barbilla y el esbelto cuello, que el pelo corto exhibía a la perfección. La miró con una curiosa sensación de objetividad, temiendo sentir, temiendo saber.

Saber ¿qué?

Sentía una opresión en el pecho. Tragó otro bocado de comida. «Dentro de un año», pensó, haciendo una proyección de futuro, «¿cómo será nuestra vida?».

Amy levantó la vista del plato y le sonrió. Ojos verdes, limpios y cristalinos, pero escondían mucho en sus profundidades. Esos ojos habían sido testigo de muchas cosas que él no recordaba, cosas que le ocultaba. Sus ojos eran como el mar con todos sus secretos, vida invisible desde la superficie.

Debería preguntarle por las fotos, pero el miedo le impedía mencionar el tema. Quizás fuera mejor no saberlo.

–Tengo que hacer algo en la oficina –dijo, después de tomar el café–. No tardaré–. Sintió alivio al salir de la casa, e inhaló el aire aromatizado por los pinos. Tomó el sendero y se dirigió rápidamente a la oficina. En el despacho, encendió el ordenador.

No sabía por qué quería releer los mensajes de correo electrónico antiguos, los de gente de la isla; era un impulso irrefrenable. Algo le pareció raro antes, pero ahora, al releerlos, supo lo que era.

No había ninguna referencia a Amy. Nadie preguntaba cómo estaba, nadie le mandaba recuerdos.

Los que le habían escrito desde la isla, sin duda amigos, no esperaban que estuviera en Oregón con él.

Ni siquiera después del accidente.

Fijó la mirada en la pantalla. ¿Qué había dicho el tal Darin Kramer, no hace mucho? Algo sobre una misteriosa esposa. Y Julia Morrison… cerró los ojos: «No me dijiste que estabas casado».

Se quedó inmóvil, oía el martilleo de su corazón.

Recordó esa noche que Amy gritó y tenerla entre sus brazos. No pudo volver a dormirse y se encontró sentado ante el piano, consumido por una angustia desconocida. ¿De dónde venía esa tristeza? ¿Qué había provocado esa oscuridad en su alma? ¿Por qué tenía el rostro de un hombre sin sueños que soñar?

No me dejes, le había suplicado.

Pensó en los álbumes que no incluían ninguna foto de los últimos cuatro años.

El miedo atenazó su corazón, robándole el aliento.

Amy paseó por la casa nerviosa, esperando que Michael volviera. No le había preguntado qué tenía que hacer en la oficina, pero le había encontrado algo raro. El nudo de su estómago parecía hacerse mayor día a día, afianzándose como un parásito que intentara estrangularla.

La casa estaba muy tranquila. El tiempo se le hizo eterno hasta que oyó la llave de Michael en la puerta.

Parecía cansado. El pelo, alborotado, le caía sobre la frente. Adoraba su aspecto delgado y deportivo con vaqueros desteñidos y una camiseta que le marcaba los hombros. Lo adoraba aún más cuando veía el brillo de la risa en sus ojos. Ahora no lo había.

–Tenemos que hablar –dijo él, pasándose una mano por el pelo y apartándolo de la cara. A ella le dio un vuelco el estómago.

–¿Pasa algo malo? –preguntó. Claro que pasaba

algo malo, se contestó. Todo iba mal.

—Sasha me envió una nota con unas fotos de la fiesta de despedida que me hicieron —dijo él afable, y se sentó a su lado, en el sofá. Las sacó del bolsillo y se las dio.

Amy miró las alegres imágenes. No tenían nada de especial, solo eran fotos de gente divirtiéndose. Conocía a muchos de ellos, los había considerado amigos.

—¿Por qué no estás en ninguna de esas fotos, Amy?

—No estaba allí —con el corazón acelerado buscó una respuesta—. Ya me había marchado.

—¿A la excursión de supervivencia?

Ella asintió. Era una mentira descarada y se encogió, odiándose a sí misma. Michael se inclinó hacia delante y apoyó los brazos en los muslos.

—Estuve mirando los álbumes de fotos antes de cenar —comenzó—. Las últimas fotos son de hace cuatro años —hizo una pausa, escrutando su rostro—. Amy, ¿dónde estuviste los últimos cuatro años?

—¿Los últimos cuatro años? —le tembló la voz—. Estuve en la isla, contigo —era verdad hasta cierto punto; sólo hacía dos años que se marchó.

—¿Por qué no tenemos fotos de ti con el pelo corto? ¿O de mí con canas?

Ella sintió que la sangre abandonaba su rostro y rebuscó en su mente, intentando encontrar una explicación razonable.

«La cámara se rompió y no llegué a comprar otra».

«Los álbumes se perdieron en una maleta cuando visitamos a mis padres en Madrid».

«Los álbumes se quemaron en un incendio».

Engaño tras engaño. No la creería. No era capaz de utilizar esas ridículas y transparentes mentiras.

—¿Amy? —insistió él.

Vio la terrible angustia que inundaba sus ojos y se le

cerró la garganta. ¿Había recordado? ¿Sabía la verdad? Se sintió súbitamente enferma.

—¿Amy? —preguntó él—. ¿Eres mi esposa? —parecía que le hubieran sacado la pregunta a la fuerza.

A Amy le temblaban las manos. No podía seguir así. Odiaba esa charada.

—No —se oyó contestar—. No, no soy tu esposa.

Capítulo 10

EL SILENCIO que siguió a sus palabras se hizo eterno, vibrante de energía destructiva, que aguijoneaba su piel. Y todo ese tiempo, él la miró anonadado.

–Estabas fingiendo –dijo él por fin, con voz desolada–. Todo este tiempo has fingido.

–Michael, no tenía opción, yo… –se encogió ante su mirada, sintiéndose pequeña y deshonesta.

Él se levantó de un salto.

–¿Por qué? –preguntó hiriente–. ¿Por qué, Amy?

–Necesitabas ayuda, y tú… –tragó saliva, obligándose a mirarlo.

–¿Ayuda? –explotó él–. ¡Me has engañado! ¿Eso es ayudar? ¡Perdí la memoria y tú me mentiste sobre mi realidad! Me mentiste sobre las cosas más básicas e íntimas de mi vida. ¿Se supone que eso va ayudarme a recordar la verdad?

Nunca lo había visto tan enfadado. Tembló ante su ira. Quería explicarse, hacerle comprender.

–Michael, yo… –le falló la voz y se le atragantaron las palabras. El destello airado de sus ojos hizo que se ajara por dentro.

–Déjame –escupió él, volviéndole la espalda. Miró por la ventana con el cuerpo rígido, las manos embutidas en los bolsillos del vaquero.

Ella se acurrucó en el sofá, abrazándose, temblando de miedo al verlo de espaldas, con hombros rígidos y ligeramente encorvados, como si quisiera protegerse de un peligro.

Silencio. Un silencio eterno. Por fin se volvió hacia ella. El fuego de sus ojos se había apagado y la desolación que mostraban la destrozó el corazón.

–Tendrás que explicarme algunas cosas –dijo, con voz vacía de emoción.

–Lo sé.

–No eres mi esposa, pero has fingido serlo estas últimas semanas –cerró los ojos con fuerza y el dolor retorció su rostro–. Fuiste mi esposa una vez; tenemos que haber estado casados: las fotos, las historias…

–¡Sí, oh, sí! La fotos de boda, de nuestra vida en la isla, todo lo que te he contado sobre nosotros es verdad, Michael, no he mentido –oyó el tono suplicante de su voz. Suplicando ¿qué? ¿Su amor, su comprensión y perdón?

–Entonces… ¿estamos divorciados?

–Sí.

–¿Desde cuándo?

Ella se sintió como un animal enjaulado que intentara escapar sin encontrar la salida. Era inevitable.

–Hace un año –contestó. Se hizo el silencio.

–No puedo creerlo –dijo él con dificultad–. ¿Por qué nos divorciamos? ¡No tiene sentido! –la oscura confusión de su rostro era desoladora.

–Nuestro matrimonio no funcionó –dijo ella con suavidad. Una aseveración clara y devastadora. Él sacudió la cabeza, como si no entendiera lo que decía.

–¿Qué quieres decir con que no funcionó? ¿Cómo puede ser que no funcionara?

Ella luchó contra una oleada de emoción, el pasado la oprimía como un muro.

–Tú no… creí que ya no me querías. Que ya no deseabas estar conmigo. Ya no pasábamos tiempo juntos y era infeliz… así que me marché.

Él se puso pálido. Cerró los ojos un momento y luego la miró directamente.

–¿Te era infiel? –preguntó llanamente–. ¿Había otra mujer?

Amy se quedó sin habla. ¿Otra mujer? ¿Era eso lo que le preocupaba?

–¡No, no! –replicó–. ¡Nunca fuiste infiel, Michael!

–Entonces, ¿qué fue mal?

–La gente deja de quererse –dijo ella con tristeza–. Eso sucede, Michael.

–No, no puede ser verdad –la miró fijamente, negando con la cabeza.

–¿Por qué no? –susurró ella sobrecogida por su vehemencia.

–¡Porque ahora te quiero! Si me parezco lo más mínimo al hombre que era antes, si mis sentimientos de ahora se aproximan a lo que sentía por ti, no puedo haber dejado de quererte.

–Yo creí que sí, Michael –sus ojos se inundaron de lágrimas, le dolía el pecho.

–Y dejaste de quererme –la miró sombrío.

Amy agachó la cabeza, sin responder, sin querer recordar lo que sentía hacia él entonces: la cólera, el resentimiento y, al final, algo que se acercaba mucho al odio. No quería volver a sentir eso nunca más.

–Dejaste la isla y te divorciaste de mí –siguió él–. ¿O fue una decisión de mutuo acuerdo?

–No –negó avergonzada–. Yo te abandoné.

Silencio. Como una energía viva, el silencio le rozó la piel, recorriendo todas las terminaciones nerviosas.

–El sueño –exclamó él de repente, frotándose la frente–, el sueño que tuve en Los Ángeles era verdad.

Me dejaste una nota ¿no?

—Sí —la palabra apenas se oyó.

—Escribiste que no era el hombre con quien te habías casado y que ya no me amabas.

Ella asintió sin palabras, las lágrimas se deslizaban silenciosas por sus mejillas. Se las limpió con la mano.

—Lo siento, lo siento mucho —dijo. ¿Cómo había sido capaz de escribir eso? Lo amaba entonces y lo amaba ahora.

—¿Dónde fuiste? —preguntó.

—A Filadelfia. Volví a dar clase en un instituto.

—Te enteraste de lo de mi accidente y viniste.

—Sí.

—¿Por qué, si ya no me querías? —estudió su rostro.

Amy se vio en el apartamento, escuchando a una Melissa casi histérica, rogándole.

—Melissa me llamó y me contó lo sucedido. Estaba muy afectada porque ella no podía venir y tú te negabas a ir a Boston, y aquí no había nadie que te ayudara. Así que me lo pidió a mí —lo estaba diciendo todo del revés; lo notó en la expresión de él—. Yo quería ayudarte, Michael. Quería ver si podía ayudarte a recuperar la memoria.

—Gracias —dijo él con rigidez—. ¿Y por qué mentiste sobre nuestro matrimonio?

—Oh, Michael… —hizo un gesto de impotencia. ¿No lo sabía? ¿No lo adivinaba?—. Si te hubiera dicho que estábamos divorciados, ¿me habrías dejado quedarme?

—No, no creo —su boca se curvó con sarcasmo. Volvió a mesarse el cabello, con aspecto agotado, como si deseara estar en otro sitio.

Ella anhelaba rodearlo con sus brazos, decirle que lo quería, pero la intuición le dijo que no era el momento adecuado.

—Todo el tiempo he tenido la sensación de que algo

no cuadraba –dijo Michael con voz apagada–. No sé que pensar o hacer, pero estoy cansado; mañana será otro día –cruzó la habitación–. Dormiré en el cuarto de invitados.

–Michael, por favor, ¡no hagas eso! –se levantó de un salto. Ya una vez empezaron a dormir separados, y fue el principio del fin.

–No quiero más fingimientos, Amy –torció la boca–. No es necesario.

–Michael… –gimió. Sus palabras habían sido como una bofetada. Él salió de la habitación y ella, con el estómago revuelto, lo siguió al dormitorio principal, donde él recogió algunas de sus cosas.

–Michael, por favor –suplicó con voz ronca.

–No puedo enfrentarme a esto ahora. Necesito estar solo –anunció, sin mirarla.

Desesperanzada, lo vio salir del dormitorio y desaparecer en el cuarto de invitados, al otro extremo del pasillo.

Michael tiró las cosas en una silla y, de pie ante la ventana, miró los bosques oscuros. No dormiría, pero necesitaba estar solo, lejos de Amy y de sus ojos verdes, cargados de emociones incomprensibles. Necesitaba, con desesperación, ordenar sus pensamientos y emociones, encontrar algún sentido a su vida.

«¿Qué vida?», pensó con amargura. El pasado era un vacío oscuro, el futuro parecía hueco y sin sentido.

Le dolían los dientes y las mandíbulas. Algo interno, su alma, su orgullo, se sentía vapuleado y herido.

Ella había sentido lástima.

La idea era insoportable y le envenenaba la sangre. Se dio la vuelta y golpeó la pared con el puño. ¡Maldición, maldición! No quería su lástima, ni la de nadie.

Había jugado todo el tiempo: fingiendo ser su esposa, simulando amarlo. Era la amarga verdad, y se sentía imbécil por haber picado tan fácilmente.

Pero eso explicaba muchas cosas. Al principio se había preguntado porque parecía tan reticente... reacia a mostrarle afecto. Si hubiera sido su esposa de verdad, si lo hubiera querido...

Se apartó de la pared, se dejó caer al borde de la cama y enterró la cara entre las manos.

No lo quería. Ya no. Fue a ayudarlo porque se lo suplicó una desconsolada Melissa, por lástima. No soportaba la idea, ni el recuerdo de sus noches de amor. La amaba y había creído que ella le correspondía.

Y todo era una mentira.

Mucho más tarde, el recuerdo de Jennifer Casey invadió su mente. Y comprendió que fuera cual fuera su relación con ella, eso no lo convertía en marido infiel. Sintió una poderosa sensación de alivio, seguida de una oleada de ira. Toda la culpabilidad que había sentido era infundada e innecesaria.

Recordó la cara de Jennifer cuando le dijo que no quería continuar con la relación, y pensó en los mensajes que le había enviado por ordenador y que no había contestado. No se merecía eso, y sintió remordimientos al pensar en su propia frialdad, y en el dolor que inundó los ojos de ella.

Tan pronto amaneció, se levantó y fue a correr por la playa. Corrió y corrió, como si el mismo diablo lo siguiera. Su vida era un lío y se sentía descontrolado. Necesitaba desesperadamente hacer algo, cualquier cosa, para enderezarla.

De vuelta en la casa, se duchó y vistió. Amy estaba en la cocina, con aspecto de no haber dormido mucho. Le ofreció la cafetera, pero él alzó la mano.

—Lo tomaré en la oficina —dijo.

–¿No quieres desayunar?

–No, gracias –siempre desayunaba, pero ansiaba salir de la casa lo antes posible.

–Michael, por favor –dijo. Él intentó no oír la infelicidad de su voz

–Te veré después –dijo, y salió por la puerta.

–Señora Applegate –le dijo a su secretaria, más tarde–. ¿Recuerda a Jennifer Casey, que me visitó hace unas semanas? ¿Dejó una tarjeta?

La señora Applegate rebuscó en su fichero.

–Aquí tiene señor –le entregó una tarjeta de negocios– ¿Quiere que la llame?

–No, yo lo haré –replicó, mirando la tarjeta. Volvió a su despacho, se sentó y marcó el número de su oficina, en Seattle.

–Me llamo Michael DeLaurence y deseo hablar con Jennifer Casey, por favor –le dijo a la recepcionista que contestó el teléfono–. ¿Está en el país? –por lo que sabía, podía estar en Polonia, o en Tailandia.

–Regresó ayer –replicó la mujer–. Un momento, por favor.

–¡Michael! Me alegro de que llames –la voz de Jennifer sonaba alegre y sincera– ¿Cómo estás?

–Bueno, aparte de no saber quién soy, bien –replicó con sequedad.

–¿No hay progresos?

–Me temo que no. Pero empiezo a componer el rompecabezas y… bueno, para ir al grano, me gustaría hablar contigo. ¿Estás libre para cenar esta noche?

–Sí, sí, claro. ¿Dónde estás?

–En mi despacho, pero tomaré un vuelo esta tarde. Si me dices dónde localizarte esta noche, te llamaré en cuanto llegue al hotel –le dijo.

–Estaré en casa –le dio el número de teléfono–. Me encantará verte, Michael.

Pidió a la señora Applegate que cancelara sus citas de la tarde, y que reservara un vuelo a Seattle y una habitación en un hotel. Después de comer volvió a casa y encontró a Amy arrancando las malas hierbas de un macizo de flores. Habían contratado a una empresa de jardinería, no tenía sentido que lo hiciera ella.

–Ha surgido algo –informó, sin darle tiempo a preguntar por qué había vuelto–. Me voy a Seattle, volveré por la mañana.

Se cambió de ropa y preparó una bolsa de viaje.

–Michael –Amy, en el umbral del dormitorio, lo miraba con ojos tristes–. No te apartes de mí. Por favor, háblame.

–Ahora mismo necesito espacio –dijo, sin mirarla, y siguió empaquetando.

–Sé que estás enfadado conmigo, Michael, y lo siento.

–Sí, estoy enfadado –de repente no pudo mantener la calma–. No me dijiste la verdad, y por eso he estado acarreando una carga de culpabilidad tan grande como el Monte Fuji, creyendo que soy un mal marido que no te merece. ¡Oh, sí, estoy enfadado!

–Culpabilidad ¿por qué? –lo miró con los ojos abiertos de par en par–. ¿Por qué creías que eras un mal marido?

–Porque pensaba que tenía una aventura a tus espaldas –espetó. Ella lo miró anonadada y se retorció las manos.

–¿Quieres decir que… había… que hay otra mujer?

–Sí. Pero no la conocí hasta hace seis meses. Al menos eso es lo que me ha dicho.

–¿La has visto? –Amy tragó con dificultad.

–Sí, una vez. Vino a mi oficina el mes pasado, poco

después de que llegaras. Me lo contó, y no tenía razones para no creerla.

—¿La conociste en la isla? ¿La conozco yo? —Amy tenía el mismo aspecto que si la hubiera golpeado con un ladrillo.

—No la conoces.

—¿La… quieres? —susurró, y él vio el terror desnudo que inundó sus ojos.

—¡Ni siquiera la conozco! No la recuerdo, ni tampoco nuestra relación. Solo he sentido culpabilidad, creyendo que te había traicionado, preguntándome qué clase de hombre soy, engañando a mi mujer —cerró la cremallera de la bolsa—. Intentaba recomponer mi vida y ahora me doy cuenta de que usaba las piezas erróneas. Me perdonarás si tengo problemas para adaptarme.

Por la ventana vio al coche del Aurora, que venía a llevarlo al aeropuerto.

Amy sabía que estaba perdiendo la cabeza. Solo podía pensar en la otra mujer. No tenía nombre, foto, ni idea de quién era. Nunca antes había tenido motivos para sentir celos, y ahora el miedo era tan intenso que paladeaba su sabor. ¿Dónde estaba la mujer? Si quería a Michael ¿por qué no estaba con él?

Llamó a Melissa y le contó todo.

—Nunca la mencionó —dijo Melissa, descompuesta—. ¡Nunca mencionó a otra mujer! Oh, Amy, lo siento.

—¿Harías algo por mí?

—Claro, si es que puedo.

—Quiero saber quién es, Melissa. Quiero saber dónde está. ¿Puedes llamar a la isla? Habla con Sasha, o Katrina, intenta averiguar quién es —Melissa había ido a la isla con frecuencia, conocía a sus amigos.

—¿Estás segura de que quieres eso, Amy? —Melissa

sonaba preocupada–. ¿Qué harás si lo descubro?

–No lo sé…, aún no lo he pensado, pero quiero saberlo.

–De acuerdo, lo intentaré –suspiró Melissa.

Le devolvió la llamada a la mañana siguiente.

–Hablé con Matt en el hospital –dijo–. Es asesora y ha trabajado en los sistemas informáticos del hospital. Trabaja para una compañía de Seattle. Tengo el nombre y el número aquí. ¿Tienes un bolígrafo?

–Sí. ¿Cómo se llama? –le galopaba el corazón.

–Jennifer Casey.

La mano de Amy se quedó paralizada sobre el papel. Conocía el nombre. Michael se lo había mencionado unos días antes.

–¿Amy? ¿Estás ahí?

–Sí, sí, perdona. ¿Cómo se llama la empresa? –anotó lo que Melissa le dijo, le dio las gracias y colgó.

Miró el papel. Volvió a levantar el auricular y reservó un vuelo a Seattle.

Amy miró a la mujer que había tras el mostrador. Tenía un pelo maravilloso, ojos preciosos y sonrisa amistosa.

–Por favor, siéntate –dijo–. ¿Quieres café o té?

–No, gracias –Amy se sentó.

–Querías hablar conmigo sobre Michael DeLaurence –dijo Jennifer, volviendo a sentarse.

–Sí… –su voz sonaba rara–. Creo que debería decirte quién soy.

–Ya lo sé –dijo Jennifer, con una leve sonrisa–. Eres la mujer de Michael. Mejor dicho, su ex mujer –sonaba tranquila, sin amenaza ni hostilidad.

–¿Te ha hablado de mí?

–Sí. Anoche cenamos juntos. ¿No te lo ha dicho?

Amy se sintió mareada. Allí era donde había ido.

—No... él..., salí antes de que volviera a casa... —le costaba respirar. Se encogió en la silla.

—¿Por qué vino a verte?

—Quería saber la verdad sobre nuestra relación, y disculparse por deshacerse de mí cuando fui a verlo hace unas semanas.

—¿Qué te dijo sobre mí?

—No mucho, solo que habías ido a estar con él después del accidente —Jennifer se puso en pie y se sentó en el sofá, junto a ella—. Escúchame, Amy —su voz denotaba cierta urgencia—. Déjame que te cuente lo nuestro.

—No quiero saberlo.

—Sí, sí quieres. Nos conocimos en la isla. Me dijo que estaba divorciado. Nunca me contó lo ocurrido, ni detalles sobre vuestro matrimonio —inspiró profundamente—. Pasamos tiempo juntos. Nosotros... —hizo una pausa—. Perdí a mi marido hace un año y medio —su mirada expresó un mundo de dolor.

—Lo siento —susurró Amy. Jennifer se miró las manos, que tenía sobre el regazo.

—Conocí a Michael en una cena, en casa de Matt y Sasha. Estoy segura de que los conoces.

—Sí —asintió Amy.

—En resumen, nos gustamos. Yo me sentía sola, él también. Fue suficiente durante un tiempo. Nosotros... nos entendíamos —esbozó una media sonrisa—. He pensado mucho en eso últimamente y no lo vi claro hasta hace muy poco. Lo que teníamos no era, no es, una buena base para un compromiso a largo plazo —miró a Amy sin parpadear—. Ayer por la noche se lo dije a Michael.

—¿Qué dijo? —Amy se olvidó de respirar un instante, tal era su alivio.

–Algo en el sentido de que aceptaba mi palabra, porque no recuerda nada. Me di cuenta de que sentía alivio. No creo que me quiera en su vida.

Amy no supo que decir. Nunca había conocido a una mujer tan generosa como Jennifer.

–¿Por qué me cuentas esto? –preguntó.

–Porque es la verdad. Y porque Michael me gusta y le deseo lo mejor.

Amy llegó a casa antes del anochecer, pero Michael no estaba allí. Antes de ir al aeropuerto esa mañana, había dejado un mensaje con su secretaria, diciéndole que no volvería hasta tarde. Supuso que estaba cenando por ahí, o aún en el despacho. Se duchó y se acostó.

Los siguientes dos días apenas lo vio. Se escondía y la evitaba, igual que había hecho en la isla.

La tercera tarde lo encontró en el dormitorio principal, sacando ropa del armario. La miró de reojo, y luego se concentró en la ropa que había ante él.

–Dado que no eres mi esposa, deberías retomar tu propia vida –dijo, con el tono frío que utilizaría un desconocido. Para Amy sus palabras fueron como un puñetazo en el estómago.

–No quiero hacerlo –aunque quisiera, era demasiado tarde. Ya no tenía una vida que retomar. Él la estudió con expresión inescrutable.

–No quiero tu piedad. Ni que… te ocupes de mí por obligación, por un erróneo sentido del deber.

–¿Eso piensas que siento por ti? –la indignación arreboló sus mejillas–. ¿Sentido del deber?

–Lo que pienso, lo que sé, es que me engañaste –repuso con dureza, sin mirarla–. Fingiste ser lo que no eras. Aparte de eso, ¿cómo diablos voy a saber lo que sientes? ¿O qué pensar? –sacó una camisa, una corbata y unos calcetines, los echó sobre la cama y la miró a los ojos– ¿Cómo puedo saber lo que es real y lo que no? –se apartó de ella, y vio su propio reflejo en el espejo.

Ella lo vio mirarse fijamente, con algo salvaje y peligroso en los ojos. Durante un instante les rodeó un silencio amenazador. Después, con un movimiento violento, él estrelló el puño derecho en el espejo.

Se rompió en pedazos, y los cristales volaron por la habitación.

Recogió los cristales después de que Michael saliera de la habitación. Tardó mucho tiempo en recoger todas las esquirlas del espejo roto, revisar las esquinas y barrer bajo la cama. De alguna manera, hacerlo la calmó, y tomó una determinación.

Encontró a Michael en la cocina. Estaba preparándose un bocadillo. No habían compartido ninguna comida en los últimos días; él se había asegurado de eso. Se colocó frente a él.

–No me voy a marchar –declaró, con las manos en las caderas–. Puedes romper cada maldito espejo y ventana de la casa y no me marcharé.

Él dejó el cuchillo del queso sin hablar, apretando las mandíbulas.

–Hace unos días te hice una promesa –siguió ella, con voz tranquila–. Te prometí que nunca te abandonaría; entonces hablaba en serio, y también ahora.

Vigiló su mano, cerrada en puño sobre la encimera. La miró directamente a los ojos.

–Te libero de tu promesa. No necesito favores; no quiero favores

–Y menos de una ex mujer –añadió ella, intentando que el dardo de sus palabras no la hiriera.

–Exacto –abrió la puerta de la nevera y sacó una

lata de cerveza. La abrió y echó un trago, sin molestarse en echarla en un vaso. Intentaba librarse de ella. Amy no pensaba permitírselo; agarró el respaldo de una silla y se armó de coraje.

–Vine aquí por mi propia voluntad. Y pienso quedarme por mi propia voluntad.

–Me impresionas –dijo él, cáustico–. ¿Me permites recordarte que hace dos años te marchaste por propia voluntad?

Amy inspiró lentamente, intentando controlar el impulso de responder a su acusación con un comentario hiriente. No quería hacer eso; solo empeoraría la situación.

Él echó otro trago de cerveza y golpeó la encimera con la lata, consiguiendo que el líquido se derramara.

–¡Ni siquiera me has dado una razón que tenga sentido! ¿Por qué creíste que ya no te quería? ¿Qué te hice? ¡Dímelo!

«Así no», pensó ella con tristeza. No cuando lo embargaba la cólera. Era el momento equivocado, el peor momento. Empezaron a temblarle las piernas y se agarró con fuerza al respaldo de la silla.

–Nos alejamos el uno del otro, Michael –dijo con desesperación–. No pasábamos tiempo juntos y ambos éramos infelices. Tú siempre estabas trabajando –todo era verdad, pero no contestaba a su pregunta. Aún así, siguió hablando, como si la cantidad de palabras dichas pudiera llegar a convencerlo–. No sabíamos cómo hablar el uno con el otro. No hacíamos… ni siquiera hacíamos el amor. Nuestro matrimonio se había… desintegrado por completo y yo… simplemente tuve que marcharme. Me dolía demasiado, Michael.

El rostro de él era puro ángulo, tenía la mandíbula tensa. Su expresión no denotaba amor ni amabilidad.

–Melissa debe haberte montado un auténtico numerito para que vinieras, después de todo eso –comentó con frialdad–. ¿Cómo lo consiguió? ¿Te hizo sentirte culpable? ¿Te hizo sentir pena por el pobre Michael, que no tenía quién lo ayudara?

–¡No! –el sarcasmo de su voz la hirió –¡Michael, por favor! ¡No fue así! Eso no es lo que pensé.

–¿En serio? ¿Qué pensaste exactamente?

–No lo sé. Yo… no pensé. Simplemente lo hice.

–Simplemente lo hiciste –repitió él, como si quisiera paladear las palabras.

–Yo… tuve que hacerlo.

–¿Tuviste que hacerlo? –dijo él con sorna– ¿Quién te obligó?

–Eso no es lo que quería decir, Michael –negó con la cabeza–. Fue… compulsivo. No lo racionalicé. Necesitabas ayuda, y vine. ¡No pensé en absoluto!

La verdad era muy simple. Ahora lo veía. No había actuado por lástima ni deber. Había actuado por amor, instintivamente. Cerró los ojos y se armó de valor.

–Vine porque… porque nunca dejé de quererte. En el fondo nunca lo dejé.

–Pero me abandonaste de todas formas –objetó él con dureza–. ¡Maldita sea, te divorciaste de mí! –las palabras tiñeron el aire como un veneno y ella no podía defenderse: ni de las palabras, ni de su ira.

–Sí, no debí hacerlo, pero lo hice –«Porque no podía soportar vivir contigo. No podía soportar el dolor. Tenía que marcharme».

«Porque ya no me hablabas. Porque fingías que todo iba bien mientras todo se derrumbaba. Porque no podías ayudarme mientras me moría por dentro. Porque cada vez que quería hablar, te alejabas de mí».

«Teníamos un bebé», deseó gritar. «¡Teníamos una niña, Michael! Y se murió. Sólo tenía tres meses y se murió, sin más. La encontramos en la cuna por la mañana, fría e inmóvil. ¿Lo recuerdas, Michael? ¿Recuerdas ahora cómo te llamé a gritos y cómo la abrazamos y acunamos, y no despertó? ¿Recuerdas?»

Su corazón latía con agonía. Tenía que alejarse de él y de la verdad que era incapaz de contarle, al menos ahora, cuando su ira y amargura embargaban el aíre.

Corrió fuera de la cocina, hacia el dormitorio, y cerró la puerta con el pestillo. Se dejó caer al borde de la cama, meciéndose, rodeándose el cuerpo con los brazos. «Por favor, Dios», rezó en silencio, «Por favor, Dios, haz que deje de doler».

Estuvo despierta durante horas, sola en la cama, mientras la furiosa acusación de Michael resonaba en su cabeza. «¡Maldita sea, te divorciaste de mí!»

Estaba enfadado y herido en lo más profundo de su alma, porque había confiado en ella y lo había decepcionado.

Y, peor aún, dudaba de su amor por él.

—No me importa lo enfadado que esté —dijo en voz alta—. No me importa lo que diga o haga. Lo quiero.

Lo quiero. Lo quiero. Lo repitió como una letanía mientras las horas se alargaban y el sueño no llegaba para sumirla en el olvido.

Tenía que convencerlo, demostrárselo. No le permitiría que la apartara, que se cerrara. Otra vez no.

Súbitamente se sintió temerariamente resuelta, se sentó, bajó las piernas de la cama y se puso en pie.

Capítulo 11

ESTABA tumbado de espaldas, con la cabeza vuelta hacia el otro lado. Las ventanas estaban abiertas de par en par, las cortinas sin correr. El aire fresco de la noche llenaba la habitación con los fértiles aromas de la tierra húmeda, la hierba y los pinos. La brisa le acarició la piel, cuando dejó caer el camisón al suelo. Se metió en la cama. Él se movió, volviendo la cabeza hacia ella, inquieto. Amy se quedó inmóvil, mirando la luna en el cielo, intentando calmar su pulso agitado sin conseguirlo.

Se acercó más y se puso de costado. Suavemente, movió el cuerpo hacia él, apoyando la cabeza en su hombro. Tenía la piel caliente, y ese calor la inundó. Puso la mano sobre su corazón. Él hizo un ruido en su sueño, y liberó el brazo para acercarla a él.

—Michael, te quiero —susurró ella.

Él se movió, farfulló algo, y volvió a sumergirse en el sueño. Se quedó allí tumbada, saboreando su calor y su aroma, sintiendo el rítmico tamborileo de su corazón bajo la mano, convencida en el alma de que lo amaba y lo amaría para siempre.

—¿Michael?

—¿Mmm? ¿Qué? —masculló él, aún inconsciente.

—Te quiero —le tembló la voz.

—Yo también te quiero —el murmullo apenas se escuchó. La apretó con el brazo y suspiró satisfecho.

Ella sintió una oleada de emoción, alivio, ternura y una alegría indescriptible. Quería besarlo, hacerle el amor, mostrarle que su amor era real.

—¿Amy? —de repente se puso de lado.

Estaba despierto, lo notó en su voz, en su tono incrédulo. Levantó la cabeza y miró su cara, iluminada por la luna.

—Cierra los ojos —susurró, inclinando la cabeza hacia él. Lo besó suavemente y él reaccionó con un ansia que la sobresaltó.

Fuego, necesidad. La deseaba. Un dulce júbilo templó su sangre.

—¿Amy? —gruñó, apartándose un poco.

—¿Sí?

—¿Qué haces aquí? —preguntó, como si acabara de captar la realidad de la situación.

—Quiero hacer el amor —le dijo—. Te necesito, Michael, te quiero.

—Amy… —un universo de añoranza tiñó su voz. Ella le agarró una mano con fuerza.

—Nunca he fingido, o simulado, o jugado contigo cuando hacíamos el amor, Michael. Nunca. Te deseaba. Siempre te deseaba —le tembló la voz—. Tú lo sabes. Tienes que saberlo.

—Sí —murmuró. Soltó un profundo suspiro de alivio—. Sí, lo sé —la atrajo, poniéndola sobre él, y ella se quedó quieta, sintiendo todo su cuerpo bajo ella, su respiración en la mejilla, su brazo rodeándola la espalda. Sintiendo amor.

No la había rechazado, no le había dicho que no la quería en su cama. Estaba casi mareada de alivio.

—Estaba enfadado contigo —farfulló él—. No me gusta enfadarme contigo, porque te quiero.

—Lo sé —musitó ella—. No pasa nada.

—No te vas a ir —dijo él soñoliento, con los ojos cerrados.

—No, no me iré —comenzó a besarlo, primero despacio, después más profundamente, con urgencia, provocando su respuesta. Lo acarició, disfrutando de su piel, de su sabor, del íntimo conocimiento que tenía de su cuerpo.

—Amy… —gruñó.

—Shh… no hables, no te muevas. Deja que te ame.

Se quedó tumbado, con los ojos cerrados, y dejó que lo amara. Incluso ahora, ella se sorprendía al ver el efecto que sus manos y boca tenían en su cuerpo, la encantaba oír su respiración agitada, la mirada desenfocada de sus ojos dorados.

Hasta que él no pudo seguir quieto, y con un profundo gemido, la agarró de la cintura y la puso de espaldas. Su boca ardiente la besó, de forma tan profunda y erótica que la volvió loca. Amy estaba perdiendo el control, y dejó que un dulce vértigo se apoderara de su mente. Le agarró el pelo cuando él la besó un seno, y sintió una espiral de deseo cuando él acarició sus pezones con la lengua, primero uno, luego el otro.

La encantaba enredar los dedos en su cabello, la forma de su cráneo bajo sus manos, el calor de su boca en sus pezones.

Le hacía el amor con urgencia salvaje, y ella le respondió con abandono.

Solo sintiendo su cuerpo y las exuberantes sensaciones que la invadían. Tocando y deseando el cuerpo del hombre que amaba, hasta que se quedó sin aire y el mundo se desvaneció en una explosión de calor.

Flotó durante largo tiempo, sin pensar, envuelta en una gloriosa languidez. Hasta que al fin la voz de Michael penetró en su consciencia. Abrió los ojos.

Estaba apoyado en un brazo, observándola con una sonrisa.

–Siempre disfruto mirándote después de hacer el amor –le dijo, acariciándole el pelo–. Estás bellísima, sonrojada, suave y satisfecha, y con el pelo alborotado.

–Tú eres el que me pone así, lo haces muy bien.

–Te quiero –acercó el rostro y la besó con suavidad–. No sé de dónde vienen los sentimientos, si los recuerdo o si son nuevos, pero son reales.

–Me alegro –dijo ella trémula–. Yo también te quiero… y también es real –de repente sintió miedo–. Pase lo que pase, Michael, es real. No lo olvides. Prométemelo, por favor –oyó la nota suplicante de su voz, y la preocupación que cruzó el rostro de él.

–Amy ¿por qué iba a olvidarme de eso? –preguntó él, estudiándola con curiosidad.

–Me da miedo que cuando recuperes la memoria, te acuerdes de no quererme, de lo que ocurrió entre nosotros.

–¿Tan malo fue? –preguntó él. Sostuvo su mirada, indagando, buscando lo que aún no sabía.

–Sí –asintió ella, con un nudo en la garganta– fue muy malo –la cegaron las lágrimas–. Quiero contártelo, pero es tan difícil… solo pensarlo me duele y yo… –perdió la voz y se cubrió el rostro con las manos.

–No tienes que contármelo ahora –dijo él–. Dímelo cuando estés lista… cuando ambos estemos listos.

–Oh, Michael, te dije cosas terribles, y estaba muy equivocada –bajó las manos y lo miró con ojos lacrimosos–. Y… y cuando lo recuerdes todo…

Él tomó su rostro con las manos, y la miró a los ojos con tanto amor que a ella le dolió.

–Olvidas algo muy importante –dijo quedamente.

–¿Qué?

–También recordaré cómo es ahora, cómo ha sido desde que llegaste. Mis sentimientos por ti no van a desaparecer sin más.

–No quiero que vuelvas a dejar de quererme nunca –dijo ella.

–No lo haré. Te lo prometo –la besó con fiereza.

Ella deseó creerlo, pero el miedo permaneció en ella. Al igual que la certeza de que no podía esperar mucho más para contarle lo de la niña. Se lo debía.

La tarde siguiente, Amy se sentó en la cama, con las piernas dobladas y el álbum ante ella.

Tenía el estómago revuelto; llevaba así toda la mañana sabiendo que tenía que hacer eso y posponiéndolo hora tras hora. Se limpió la frente sudorosa con la mano derecha.

¡No pienses, no sientas! ¡Hazlo!

Se obligó a abrir el álbum por la primera página.

Allí estaba, embarazada de nueve meses, con una tripa inmensa. Sonreía, resplandeciente de felicidad.

Su mano se movió, pasando las páginas una a una, como si una fuerza exterior le diera energía.

Fotos de Lizzie un minuto después de nacer. Su diminuto rostro contra el pecho de Amy, mamando. Fotos de la niña sonriente, en su bañera rosa. Una foto de los tres en el sillón, Lizzie en el regazo de Michael, tan pequeña entre sus enormes brazos.

Se veía un destello plateado en su pecho. Llevaba puesto el disco con el velero.

Lizzie había sido concebida un día glorioso, cuando navegaban por el océano, bajo el cielo azul. Amy conocía la fecha con exactitud, tanto por sus cálculos como por intuición femenina. Encargó que diseñaran el disco para regalárselo a Michael como recuerdo, para rememorar la magia de aquel día. Solo ellos dos conocían el significado de la fecha inscrita en la parte de atrás.

Pasó otra página, pero Amy ya no veía. Las fotos se emborronaron ante sus ojos, y brotaron las lágrimas. Aún recordaba el peso de Lizzie en sus brazos, aún olía su aroma de bebé, y sentía su boca en el pecho, mamando.

No más, no más.

Se puso en pie y salió corriendo fuera de la casa, llovía torrencialmente, pero no le importó, apenas sintió la humedad de su ropa empapada, mientras corría por el bosque.

Comprendió que huía de nuevo, siempre huía, y que tenía que parar. No podía correr para siempre, porque nunca llegaría suficientemente lejos. Los recuerdos estarían en ella para siempre, estuviera donde estuviera. No había escapatoria.

Para, para. Vuelve.

Bajó el ritmo, jadeando.

Llama a Michael y dile que venga a casa.

Se quedó inmóvil, la lluvia se entremezclaba con sus lágrimas. Durante largo tiempo, escuchó el ruido de lluvia golpeando los árboles que la rodeaban, y la invadió la quietud. Dejó de llorar, su cuerpo se calmó.

Se encaminó de vuelta a casa, sorprendida de haberse alejado tanto. Tiritaba de frío dentro de su ropa mojada.

La puerta trasera estaba abierta, debió dejarla así cuando salió. Se quitó las sandalias empapadas y entró al dormitorio de puntillas, chorreando agua.

Un sonido captó su atención, un sonido estrangulado y horrible que hizo que se le contrajera el estómago de miedo.

Un instante después vio a Michael de rodillas ante la cama, inclinado sobre el álbum de fotos, llorando.

Capítulo 12

SE QUEDÓ paralizada cuando vio cómo el fuerte cuerpo de Michael se convulsionaba con el llanto. Los atormentados sonidos parecían salirle del alma, y corrió hacía él. Se arrodilló en el suelo, tras él, y lo rodeó con sus brazos.

–Está bien, Michael. Está bien –no sabía por qué había utilizado esas palabras: nada de lo ocurrido estaba bien. Sentía la abrumadora necesidad de clamar su dolor, de consolarlo. Él se volvió, presionó el rostro contra su pelo y se abrazó a ella.

–Oh, Dios –dijo con voz ronca–, ahora recuerdo. Lo recuerdo todo.

Ella intentó no sentir el miedo que la asaltó, y rezó por tener la fuerza y la sabiduría para decir las palabras apropiadas.

–La quería –gimió él–. La quería mucho.

–Lo sé, lo sé –las lágrimas inundaron sus ojos, se le escapó un sollozo y se puso a llorar también.

Se abrazaron, meciéndose, apoyándose.

Apoyándose el uno en el otro.

–Estás empapada –dijo él, mucho después. Seguían sentados en el suelo, abrazados, como víctimas de un naufragio en una isla desierta. Amy se sentía agotada, con el cuerpo flojo e inconsistente. De repente tiritó, percibiendo la frialdad de su ropa empapada de lluvia contra la piel.

–Corrí afuera. Estaba mirando las fotos de Lizzie y no pude soportarlo –la recorrió otro escalofrío.

–Vamos –ordenó, él agarrándole las manos. Su voz volvía a sonar normal. La levantó y la llevó al baño. Abrió la ducha, la ayudó a quitarse los vaqueros empapados, la camiseta y la ropa interior, y la metió bajo el agua, como si fuera una niña. Después se quitó su propia ropa.

Estuvieron juntos bajo el agua, acariciándose, tocándose. Amy notó como el calor volvía a su cuerpo, sintió el agua caer sobre ella como un bálsamo, una bendición.

–Te eché de menos –le dijo Michael, tomando su rostro entre las manos y besándola–. Oh, Amy, te eché mucho de menos.

–Lo siento –balbuceó ella–. Siento tanto haberte herido, haberte dicho esas cosas tan horribles y...

–Shh –la silenció con los labios–. Está bien, está bien– susurró contra su boca–. Todo fue una horrible pesadilla. Te quiero. Nunca dejé de quererte.

Ella no podía hablar; le dolía la garganta de esforzarse por no llorar. Él recorrió su cuerpo con la manos: hombros, senos, caderas, como si dibujara su forma, rememorando y disfrutando de ello.

–Eres mi esposa –dijo, su voz era una mezcla de amor y asombro, y una pregunta no formulada. Amy, sintió un gran alivio. Solo había una respuesta, sencilla y maravillosa.

–Sí –murmuró, encontrando sus ojos, oscuros de emoción.

–Y viniste a mí –le temblaba la voz.

–Sí.

–Viniste porque aún me querías y yo te necesitaba

–su voz sonaba maravillada, como si lo asombrara que eso fuera posible.

–Sí –sonrió ella.

Volvió a besarla, con el rostro y la boca mojadas, el cuerpo resbaladizo. Cerró el agua y la condujo fuera de la ducha. Tomó una toalla y comenzó a secarla, después se secó él.

Apartó las mantas y se metieron en la cama, abrazándose. Era una sensación maravillosa.

–Hace ya mucho tiempo –dijo él.

Habían hecho el amor la noche anterior, pero ella entendió lo que quería decir y asintió.

–Hace ya mucho tiempo desde que te hice el amor sabiendo quién eres, sabiendo que de verdad eres mi esposa –la besó con infinita ternura, como si fuera un objeto delicado y precioso.

Ella se abrió a él, dejándose llevar por la magia de su amor. Sus alientos se mezclaron, sus cuerpos se fundieron, y solo existían ellos dos juntos, bailando la danza íntima del amor… cicatrizando el pasado, afirmando el presente.

Amy descansaba con la cabeza en su pecho, las piernas enredadas con las de él, sin querer separarse.

Charlaron mientras la oscuridad invadía la habitación, hablaron del bebé, dijeron todas las cosas que necesitaban expresar, sin esconder nada.

–Me sentía un fracasado –dijo Michael, luchando con las palabras–. No era lo bastante hombre para proteger a mi propia hija del peligro; ni para ayudarte cuando más me necesitabas. No podía rescatarte. Necesitabas consuelo y apoyo y no podía dártelos.

–Eres humano, Michael. Estabas luchando con tu propio dolor.

–Intentaba no sentirlo.

–Pero lo hacías.

Él había intentado suprimirlo, ahogarlo con trabajo y actividad. Y luego volvía a casa y ella solo quería hablar y llorar y hablar y llorar; él se sentía cada vez más como un fracasado. No quería hablar del bebé; le dolía demasiado. Quería guardar los recuerdos y el dolor en una parte distinta de su mente, para protegerse. Ella puso la mano sobre su corazón.

–Nunca te vi llorar –dijo suavemente.

–Lloraba –dijo él–. Pero nunca cuando tú estabas cerca.

–Oh, Michael.

–No quería que me vieras –le acarició el pelo.

–Creías que pensaría que eras débil.

–Sí. No. Yo… Te estabas derrumbando y yo no podía permitirme el lujo de hacerlo también. Tenía que ser duro, fuerte.

–Y yo pensé que no te importaba –le dolió decir las palabras, admitir en voz alta que le había fallado.

–Eso me dijiste –no ocultó el dolor de su voz.

–Lo siento muchísimo –susurró ella–. No lo entendía, Michael.

–Era mi bebé, mi hija –dijo–. ¿Cómo pudiste pensar que no me importaba?

–No entendía tu comportamiento, Michael. Estaba loca de dolor y malinterpretaba todo –sintió el sabor amargo de la culpabilidad en la boca–. Me sentía muy sola –dijo con voz grave–. Tú estabas… parecías muy distante, Michael. No podía alcanzarte. Te negabas a hablarme de la niña y yo me enfadaba más y más contigo. Sé que hacía mal, pero entonces no lo entendía.

–Y yo no comprendía tu necesidad de seguir hablando de lo ocurrido. Lo único que quería era no hablar de eso –cerró los ojos un segundo–. Hubo muchas cosas que no entendimos el uno del otro.

Ella se incorporó, apoyándose en un codo y alzó la vista hacia él.

—No es tan raro ¿no? ¿Por qué íbamos a saber cómo enfrentarnos a la pérdida de nuestra hija? ¿Cómo puede nadie entender algo tan horrible? ¿Cómo íbamos a ayudarnos el uno al otro si ni siquiera sabíamos enfrentarnos a ello nosotros mismos?

—Sí —aspiró una bocanada de aire—. Amy, deberíamos haber buscado ayuda. Cometimos un terrible error al permitir que todo se deteriorara hasta ese punto.

—Lo sé —tragó saliva—. Nunca debí abandonarte, dar por perdido nuestro matrimonio.

—Y yo debería haberte seguido, haberte obligado a volver. Nunca debí aceptar el divorcio —giró el cuerpo y la apretó contra él—. No pienso volver a dejar que te vayas.

Ella sintió que se le desbordaba el corazón de amor, del milagro de estar de nuevo con él, de que la quisiera. Apoyó el rostro en su cuerpo, sintió el sólido latido de su corazón contra la mejilla.

—Encontraste el libro sobre el dolor —dijo ella, tras un rato de silencio—. Lo leíste, ¿verdad?

—Sí. No sabía que lo teníamos. Lo encontré en la isla, cuando empaquetaba las cosas. Me senté y lo leí de un tirón.

—Alguien me lo envió y me enfureció tanto la idea de que un estúpido libro pudiera ayudarme que nunca lo leí, hasta hace un par de semanas, cuando lo encontré en una caja.

—Es un buen libro —dijo él. Recolocó la almohada bajo su cabeza.

—Lo sé —Amy alzó la cara—. Nunca había leído ningún libro de autoayuda, no me llamaban la atención, pero era porque nunca había necesitado ayuda antes. Es fácil ser arrogante cuando crees que lo sabes todo.

Él se echó a reír, y puso una mano sobre su cadera.

—No eres arrogante. Nunca querría a una mujer arrogante.

—Bueno, ya me entiendes.

—Sé lo que quieres decir —le acarició la cadera—. ¿Sabes lo que decía el libro sobre el divorcio? El setenta y cinco por ciento de las parejas que pierden un hijo acaban divorciándose.

—Nunca me consideré a mí misma o a nuestro matrimonio como una estadística.

—Es bastante aleccionador verlo de esa manera.

—No me gusta —protestó ella, como una niña testaruda. Él sonrió.

—¿Sabes lo que vamos a hacer?

Ella negó con la cabeza.

—Nos casaremos otra vez. Si aceptas, claro.

—Eso no me suena bien —frunció el ceño.

—¿No?

—Ya nos casamos una vez, y no hubo nada malo en eso. Lo malo fue el divorcio. Lo que quiero en realidad es anular el divorcio. ¿Crees que se puede?

—Lo dudo —rio él—. Pero podemos enterarnos.

—Si no se puede, nos casaremos sencillamente, los dos solos, sin nadie más.

—Lo que tú quieras.

—Hay otra cosa que debo decirte —Amy dejó escapar un profundo suspiro.

—¿Qué?

—Sé lo de Jennifer Casey. No lo sabía cuando me preguntaste —añadió con premura—, pero me enteré después.

Le contó todo y él escuchó sin decir palabra.

—Es una persona muy especial —concluyó Amy.

—Sí, lo es. Nunca nos quisimos, tal y como te dije.

–Me aterrorizaba que os quisierais –admitió Amy.

–A mí también –Michael hizo una mueca–, pero no tengo que preocuparme más de eso, porque ahora lo sé. La única mujer a la que he querido eres tú.

–Por favor, recuérdamelo a menudo –murmuró ella, y volvió a apoyar la cabeza en su pecho. Cerró los ojos y pensamientos, imágenes y recuerdos bailaron en su mente–. ¿Michael?

–Mmm. ¿Qué?

–¿Qué hiciste con las cosas de Lizzie? ¿Su cuna y su ropa?

–Las regalé a un orfanato. Me lo sugirió Sasha. ¿Te importa?

–No, claro que no. Fue una gran idea –le agradó pensar que las utilizarían en un sitio donde las necesitaban. Estuvo callado unos minutos–. Hay algo más –titubeó, preguntándose si sería el momento adecuado, pero si no lo era ¿cuándo lo sería? Se le aceleró el pulso, y se humedeció los labios–. Michael ¿quieres que tengamos otro bebé?

–Solo si tú quieres –dijo él, quedándose inmóvil.

–Sí quiero. Quiero otro bebé. Lo deseo tanto que duele, pero también me asusta.

–Por lo que ocurrió –dijo él con voz grave, teñida de dolor.

–Sí –¿Se atreverían a cerrar los ojos por la noche si tenían otro hijo?

–Visitaremos a profesionales –Michael le acarició la cara–. Pediremos consejo. Lo solucionaremos, Amy; lo haremos juntos.

Juntos. Una palabra preciosa, pensó ella, llenas de promesa y fuerza.

–Nada volverá a interponerse entre nosotros –dijo, con voz anegada de emoción.

–No lo permitiremos –asintió él.

La lluvia había parado y el exquisito trino de un pájaro interrumpió el silencio, una triunfal y jubilosa afirmación de la vida. Lo escucharon en silencio, abrazados.

—¿Recuerdas que una vez dije que creía que lo que me sucedía tenía un propósito? —dijo Michael un rato después—. Que había una razón para el accidente, para no recordarte, ni recordar mi vida.

—Sí, me acuerdo —frotó la mejilla contra su pecho.

—Creo que tenía razón. Sucedió para que volviéramos a encontrarnos. Para darnos otra oportunidad de enamorarnos otra vez, desde cero.

—No fue difícil —Amy sonrió, y él también lo hizo.

—Puede que no te reconociera como mi esposa, pero en cuanto te vi en el aeropuerto supe que te quería.

Ella recordó cómo lo rodeó con sus brazos, reconoció su cuerpo, su aroma, su calidez. Recordó que estalló en lágrimas.

—Yo también —musitó.

Epílogo

MICHAEL abrió la puerta delantera y dejó su maletín en una silla, a la entrada. La casa estaba tranquila. Se aflojó la corbata, fue hacia la sala y la encontró vacía. Se asomó por la ventana y vio a Amy y a Timmy sentados en la hierba, en el jardín trasero. Estaban absortos en algo que había ante ellos, un saltamontes quizá, o un grillo. A Timmy le encantaban todos los bichos que se cruzaban en su camino.

Componían un bello cuadro, la mujer joven y el niño. «Mi esposa», pensó, «mi hijo». Disfrutó de la escena durante unos momentos. Amy tenía el pelo largo, y brillaba como oro a la luz del sol. El de Timmy era oscuro, como el suyo, pero tenía los ojos verdes de su madre.

En momentos como ese, Michael no podía creer su buena suerte. ¿Qué más podría desear un hombre que volver a casa y encontrar a una esposa y a un hijo a los que adoraba?

Tiró la chaqueta y la corbata en una silla y salió al porche de madera, dirigiéndose al jardín. Los dos levantaron la cabeza al oírlo. Timmy se levantó de un salto y corrió hacia él con sus fuertes piernas morenas, la cara arrebolada de excitación

–¡Papi! ¡Ven a ver! –agarró la mano de Michael y tiró de ella; tenía los dedos calientes y pegajosos.

Michael le sonrió. Tenía una mancha de barro en la barbilla.

–¿Que has encontrado, amigo? ¿Una lombriz? ¿Una rana?

–No, no. ¡Ven a verlo, papi!

Michael dejó que lo llevara hacia donde Amy estaba sentada. Ella lo miró con una sonrisa y él se agachó para besarla.

–¡Papi, mira!

Michael miró. El objeto de la fascinación de su hijo era una tortuga, que se alejaba lentamente.

–¡Vaya! –dijo Michael con el entusiasmo apropiado.

–¡Tenía la cabeza dentro! –dijo Timmy con animación–. ¡Porque tenía miedo! Pero ya no tiene.

Se adelantó a la tortuga, se dejó caer en la hierba y miró a la criatura avanzar hacia él, con ojos admirados.

Michael se sentó en la hierba junto a Amy y ambos observaron a Timmy.

–Es un mundo muy excitante ¿verdad? –dijo Michael con una sonrisa–. Tantas criaturas que descubrir, tantas cosas que disfrutar.

–Sí –dijo ella, apretándole la mano–. ¿Qué tal tú? ¿Has recibido tu ración de felicidad y alegría hoy?

–Mmm… –la rodeó con un brazo y la atrajo hacia sí. Olió el leve perfume floral de su cabello–. Venir a casa y encontraros a vosotros ya es bastante bueno

–¿Puedes soportar más excitación? –preguntó ella–. ¿O será una sobredosis para tu sistema?

Él vio el brillo de sus ojos, y adivinó que tenía algo entre manos.

–Prueba –la instó.

Ella lo miró con rostro radiante, y de repente él supo lo que iba a decirle, y su corazón estuvo a punto de reventar de felicidad.

–Amy…

–Estoy embarazada –dijo.

La atrapó entre sus brazos, incapaz de decir palabra.

–¡Yo también! –gritó Timmy, y un momento después su cuerpecito se metía entre ellos. Michael lo incluyó en el abrazo.

–De acuerdo, amigo, que sea un abrazo de grupo.

Michael abrazó a su familia, mujer, hijo y el bebé que estaba por llegar, y supo que su mundo estaba completo.

Acepte 2 de nuestras mejores novelas de amor GRATIS

¡Y reciba un regalo sorpresa!

Oferta especial de tiempo limitado

Rellene el cupón y envíelo a
Harlequin Reader Service®
3010 Walden Ave.
P.O. Box 1867
Buffalo, N.Y. 14240-1867

¡Sí! Por favor, envíenme 2 novelas de amor de Harlequin (1 Bianca® y 1 Deseo®) gratis, más el regalo sorpresa. Luego remítanme 4 novelas nuevas todos los meses, las cuales recibiré mucho antes de que aparezcan en librerías, y factúrenme al bajo precio de $2,99 cada una, más $0,25 por envío e impuesto de ventas, si corresponde*. Este es el precio total, y es un ahorro de más del 10% sobre el precio de portada. !Una oferta excelente! Entiendo que el hecho de aceptar estos libros y el regalo no me obliga en forma alguna a la compra de libros adicionales. Y también que puedo devolver cualquier envío y cancelar en cualquier momento. Aún si decido no comprar ningún otro libro de Harlequin, los 2 libros gratis y el regalo sorpresa son míos para siempre.

416 BPA CESL

Nombre y apellido	(Por favor, letra de molde)

Dirección	Apartamento No.	

Ciudad	Estado	Zona postal

Esta oferta se limita a un pedido por hogar y no está disponible para los subscriptores actuales de Deseo® y Bianca®.
*Los términos y precios quedan sujetos a cambios sin aviso previo.
Impuestos de ventas aplican en N.Y.

SPB-198   ©1997 Harlequin Enterprises Limited

Bianca®...
la seducción y
fascinación del romance

No te pierdas las emociones que te
brindan los títulos de Harlequin® Bianca®.

¡Pídelos ya! Y recibe un descuento especial por la
orden de dos o más títulos.

HB#33376	FUERTE COMO EL VENENO	$3.50 ☐
HB#33382	NO HAY OLVIDO	$3.50 ☐
HB#33511	UNA BODA MUY ESPECIAL	$3.50 ☐
HB#33512	LA AMANTE DEL MILLONARIO	$3.50 ☐
HB#33514	EL MEJOR AMIGO	$3.50 ☐

(cantidades disponibles limitadas en algunos títulos)

CANTIDAD TOTAL		$ _____
DESCUENTO: 10% PARA 2 Ó MÁS TÍTULOS		$ _____
GASTOS DE CORREOS Y MANIPULACIÓN		$ _____
(1$ por 1 libro, 50 centavos por cada libro adicional)		
IMPUESTOS*		$ _____
<u>TOTAL A PAGAR</u>		$ _____

(Cheque o money order—rogamos no enviar dinero en efectivo)

Para hacer el pedido, rellene y envíe este impreso con su nombre, dirección
y zip code junto con un cheque o money order por el importe total arriba
mencionado, a nombre de Harlequin Bianca, 3010 Walden Avenue, P.O. Box
9077, Buffalo, NY 14269-9047.

Nombre: _____

Dirección: _____ Ciudad: _____

Estado: _____ Zip Code: _____

Nº de cuenta (si fuera necesario): _____

*Los residentes en Nueva York deben añadir los impuestos locales.

Harlequin Bianca®

CBBIA2

Ursula O'Neil había encontrado a su hombre ideal hacía mucho tiempo y lo veía todos los días, ya que era su jefe. Pero Ross Sheridan, genio de la publicidad, estaba casadísimo con Jane y además tenía una preciosa hija.

Pero cuando Ross invitó inesperadamente a Ursula a la fiesta de cumpleaños de su hija, se dio cuenta de que el matrimonio de Ross era una farsa.

Y cuando Jane lo dejó para irse con otro hombre, Ross acudió a Ursula en busca de ayuda para criar a su hija.

Como ella adoraba a la niña, no le importó en absoluto, pero... ¿qué más quería Ross de ella?

HARLEQUIN BIANCA

Siempre juntos

Sharon Kendrick

Siempre juntos

Sharon Kendrick

PIDELO EN TU QUIOSCO

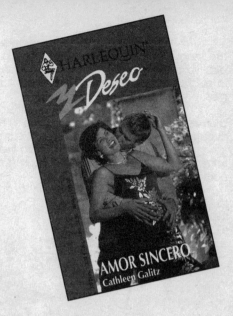

AMOR SINCERO
Cathleen Galitz

Cuando el padre de Caitlyn Flynn cayó enfermo, ella, para complacerlo, aceptó casarse con el hombre que era su mano derecha en el negocio. Pero el rudo vaquero Grant Davis era muy distinto de los jovencitos universitarios que Caitlyn había conocido. Además de ser muy atractivo, era un hombre de verdad... ¡y ella era su esposa!

Grant estaba seguro de que un pozo petrolífero en Wyoming no era lugar para una señorita. Ni su cama el sitio apropiado para la virtuosa e inocente Caitlyn. Grant creía que un simple beso en los labios de su remilgada esposa le dejaría las cosas claras, pero no se paró a pensar que sus ideas estaban a punto de cambiar drásticamente...

PIDELO EN TU QUIOSCO